DER WELTRAUM

Merksatz für unsere 9 Planeten:

Sonne

Mein (Merkur)
Vater (Venus)
erklärt (Erde)
mir (Mars)
jeden (Jupiter)
Sonntag (Saturn)
unsere (Uranus)
neun (Neptun)
Planeten (Pluto)

Im Jahr 2006 wurde Pluto zum Zwerg-Planet erklärt und gehört deshalb nicht mehr zu unseren Planeten, deshalb:

Sonne

Mein (Merkur)
Vater (Venus)
erklärt (Erde)
mir (Mars)
jeden (Jupiter)
Sonntag (Saturn)
unseren (Uranus)
Nachthimmel (Neptun)

ISBN 3-8212-2689-7

Am Hehsel 40, 22339 Hamburg
Übersetzung: Scriptorium, Köln
Brigitte Rüßmann, Wolfgang Beuchelt
Lektorat: Dieter Schmidt, Wohltorf
Satz: Rüdiger Mohrdieck, Hamburg
Die Originalausgabe erschien 2001 bei
Miles Kelly Publishing Ltd,
Bardfield Centre, Great Bardfield, Essex, CM7 4 SL
unter dem Titel
1000 Facts on Space

Printed in Italy

DER WELTRAUM

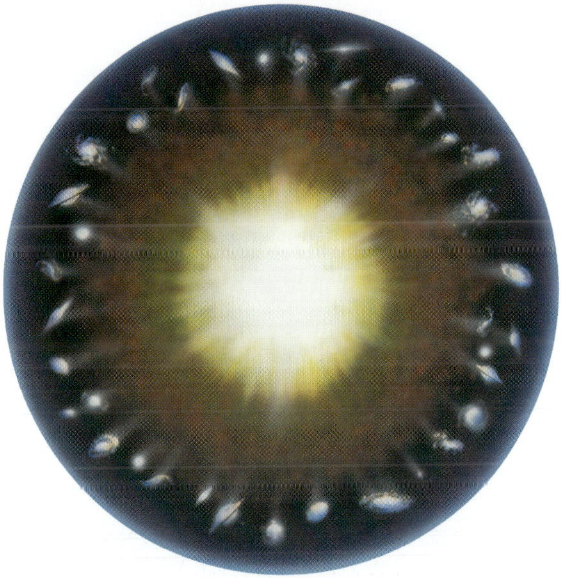

John Farndon

Berater: Tim Furniss

XENOS

Inhalt

Symbole

- Erde, Sonne und Mond
- Planeten
- Sterne
- Universum
- Astronomie
- Raumfahrt

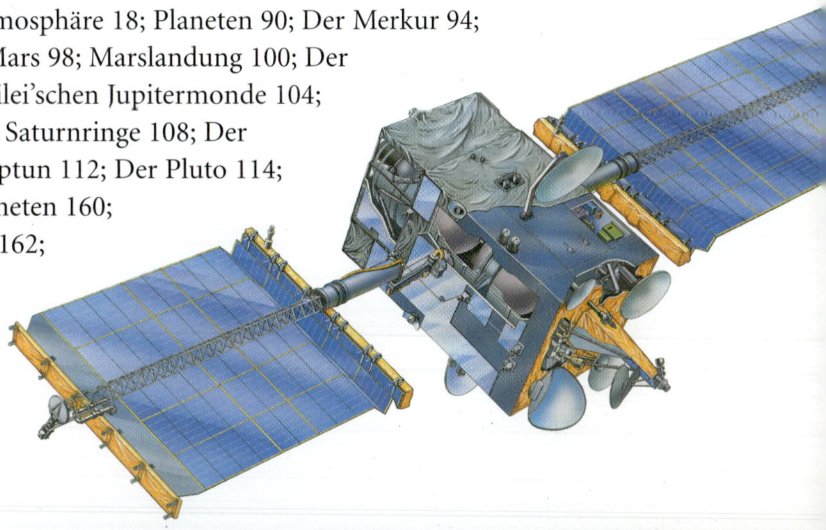

Inhalt

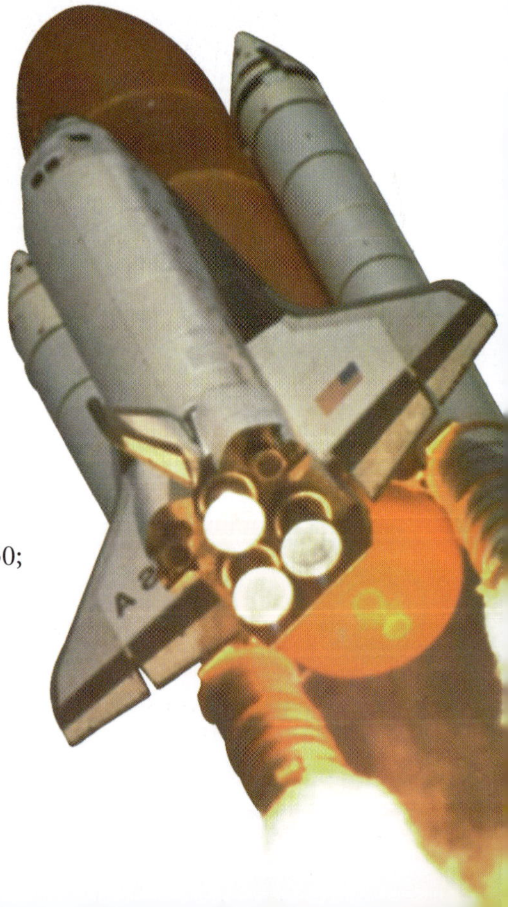

Das Universum

- Das Universum umfasst alles, was wir kennen – Raum und Zeit.
- Das Universum ist fast völlig leer. Nur stellenweise sind darin kleine Ansammlungen von Materie und Energie eingebettet.
- Das Universum ist vermutlich 15 Milliarden Jahre alt, es gibt jedoch auch abweichende Schätzungen.
- Ein Problem bei der Altersbestimmung ist, dass es Sterne in unserer Galaxie gibt, die auf 14 bis 18 Milliarden Jahre geschätzt werden – und damit älter als das geschätzte Alter des Universums wären. Diese Sterne müssen also entweder jünger oder das Universum muss älter sein.
- Die am weitesten entfernten bekannten Galaxien sind etwa 13 Milliarden Lichtjahre entfernt.
- Das Universum dehnt sich beständig aus: Alle Galaxien streben von uns weg. Je weiter sie entfernt sind, desto schneller bewegen sie sich.
- Die am weitesten von uns entfernten Galaxien bewegen sich mit über 90% der Lichtgeschwindigkeit.
- Früher glaubte man, das Universum sei alles, was je existieren könnte. Neuere Theorien über die Expansion (siehe: Der Urknall, Seite 10) besagen allerdings, dass das Universum möglicherweise nur eine von zahllosen Blasen im Raum-Zeit-Gefüge ist.
- Das Universum kann weder ein Zentrum noch eine Grenze haben, da die Schwerkraft nach Einsteins Relativitätstheorie (siehe: Einstein, Seite 174) die Raum-Zeit zu einer endlosen Kurve krümmt.

▲ *Das Universum dehnt sich beständig aus, während die Galaxien in alle Richtungen auseinander streben.*

▲ *Die meisten Astronomen glauben, dass das Universum in einer großen Explosion, dem „Urknall", entstand, hier als Blitz in der Mitte dargestellt. Sie dauerte nur einen Sekundenbruchteil und schleuderte Energie und Materie in alle Richtungen.*

...FASZINIEREND!...
Neuere Theorien deuten auf viele weitere Universen hin, die wir aber niemals entdecken werden.

Der Urknall

- Wissenschaftler glauben, dass das Universum vor 15 Milliarden Jahren durch den Urknall entstand.
- Anfangs existierte nur ein ultra-heißer Ball, der kleiner als ein Atom war. Dieser kühlte ab, während er gleichzeitig auf Fußballgröße anwuchs.
- Einen Sekundenbruchteil später dehnte eine gigantische Kraft das junge Universum um das Abermilliardenfache aus. Wissenschaftler nennen dies inflationäre Expansion.
- Während es wuchs, wurde das Universum mit Energie und Materie geflutet und die Urkraft teilte sich in grundlegende Energien wie Elektrizität und Schwerkraft.

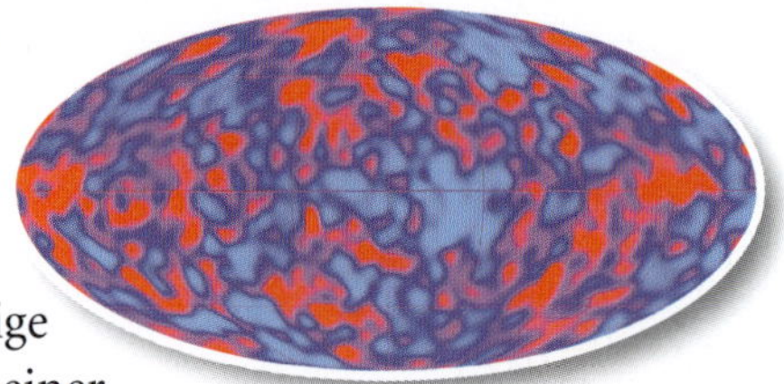

- Zuerst gab es keine Atome, nur winzige Teilchen wie zum Beispiel Quarks in einer dichten „Suppe", die unendlich viel dichter war als Wasser.
- Daneben gab es auch Antimaterie, ein Spiegelbild der Materie. Materie und Antimaterie zerstören sich bei Berührung gegenseitig. Letztendlich gewann die Materie – aber das Weltall war hinterher fast völlig leer.
- Nach etwa drei Minuten begannen die Quarks, sich zu den kleinsten der Atome, den Wasserstoffatomen, zu verbinden. Dann verbanden sich Wasserstoffgasatome zu Heliumgasatomen.
- Nach einer Million Jahre begannen die Gase sich zu einzelnen Strängen zu verbinden.
- Nach 300 Millionen Jahren zogen sich die Gasstränge zu Wolken zusammen und die Wolken verdichteten sich zu Sternen und Galaxien.
- Die Nachwirkung des Urknalls kann heute noch als kurzwellige Hintergrundstrahlung gemessen werden, die aus allen Richtungen zu uns kommt (siehe das Bild, oben).

▼ *Vor dem Urknall existierte alle Materie in einem winzigen Klumpen. Dann wurde sie nach außen gepresst, und das Universum expandierte sehr schnell. Die Galaxien streben immer noch auseinander und einige Wissenschaftler vermuten, dass dies immer so bleiben wird.*

◀ *Die Millionen am Nachthimmel sichtbaren Sterne sind nur ein winziger Teil des Universums.*

▼ *Der Urknall war eine gewaltige Explosion, die das Universum schuf.*

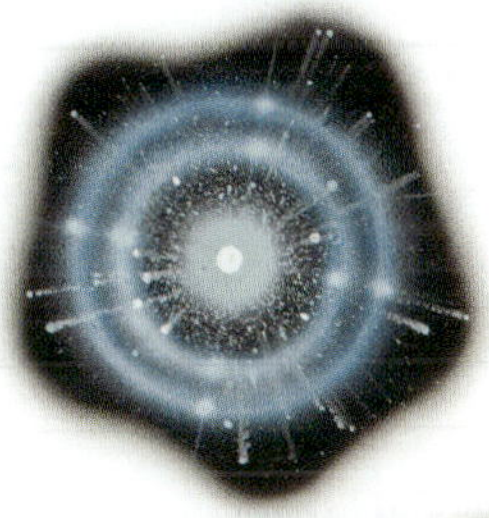

▶ *Millionen von Jahren später verdichteten sich die Gase zu Wolken.*

▲ *Die Wolken verdichteten sich schließlich zu Galaxien.*

Entstehung der Erde

- Unser Sonnensystem entstand, als die Gaswolke einer explodierten Supernova in sich zusammenfiel und zu rotieren begann.
- Vor etwa 4,7 Milliarden Jahren gab es nur eine riesige, heiße Wolke aus Gas und Staub, die um einen neuen Stern kreiste: unsere Sonne.
- Die Erde entstand wahrscheinlich aus winzigen, im Weltraum treibenden Materieteilchen, die sich durch ihre Masse gegenseitig anzogen.
- Während langsam die Erde entstand, kam immer mehr Material hinzu, darunter auch Eis vom Rand des Sonnensystems.
- Vor etwa 4,6 Milliarden Jahren kollidierte ein Fels von der Größe des Mars mit der Erde. Die Trümmer aus diesem Zusammenstoß verdichteten sich zum Mond.
- Durch diese Kollision wurde die junge Erde extrem heiß.
- Die Erde wurde durch radioaktiven Zerfall weiter aufgeheizt.
- Über lange Zeit bestand die Erdoberfläche aus Feuer speienden Vulkanen.
- Eisen und Nickel schmolzen und sanken ins Innere, wo sie den Erdkern bildeten.
- Leichtere Materialien, wie Aluminium, Sauerstoff und Silizium, trieben nach oben und kühlten zur Erdkruste ab.

▲ *Erde und Sonnensystem entstanden aus einer Gas- und Staubwolke.*

◀ *Als die Erde aus einer rotierenden Gas- und Staubwolke entstand, trafen die Teilchen mit einer solchen Wucht aufeinander, dass der junge Planet zu einem Feuerball wurde. Er kühlte langsam ab, und Kontinente und Ozeane entstanden.*

Die Erde

- Die Erde ist, von der Sonne aus gezählt, der dritte Planet und im Durchschnitt 149,6 Millionen Kilometer von ihr entfernt. Die größte Nähe zur Sonne (das Perihel) erreicht sie am 3. Januar mit 147.097.800 km. Die größte Entfernung (das Aphel) beträgt am 4. Juli 152.098.200 km.
- Mit 12.756 km Durchmesser und 40.077 km Umfang am Äquator ist die Erde der fünftgrößte Planet des Sonnensystems.
- Die Erde ist neben Merkur, Venus und Mars einer von vier Gesteinsplaneten. Sie besteht hauptsächlich aus Gestein mit einem Kern aus Eisen und Nickel.
- Kein anderer Planet im Sonnensystem besitzt auf seiner Oberfläche Wasser, weshalb nur auf der Erde Leben möglich ist. Über 70% der Erdoberfläche liegen unter Wasser.
- Die Erdatmosphäre besteht hauptsächlich aus harmlosem Stickstoff und Leben spendendem Sauerstoff und ist mehr als 500 km dick. Der Sauerstoff wird seit Millionen von Jahren von Pflanzen erzeugt und erneuert.
- Die Erde entstand vor 4,6 Milliarden Jahren aus einer um die junge Sonne rotierenden Staubwolke. Der Planet war so heiß, dass er zunächst flüssig war. Erst langsam kühlte die Oberfläche zu einer harten Kruste aus.
- Die Umlaufbahn der Erde um die Sonne ist 939.886.400 km lang und eine Umrundung dauert 365,242 Tage.

▲ *Die Erde, vom Weltraum aus gesehen. Sie ist der einzige bekannte Planet, der Leben trägt.*

- Die Erdachse ist um 23,5° geneigt. Trotzdem umkreist die Erde die Sonne auf einer Ebene, der Ekliptikebene.
- Die Erde besteht aus den gleichen Grundstoffen wie Meteoriten und die anderen Gesteinsplaneten: vorwiegend Eisen (35%), Sauerstoff (28%), Magnesium (17%), Silizium (13%) und Nickel (2,7%).

▶ *Der größte Teil der Felskruste der Erde liegt unter den Meeren, die in der Frühzeit aus dem Dampf der Vulkane entstanden. Die Erde hat genau die richtige Entfernung zur Sonne, um eine mittlere Oberflächentemperatur von 15 °C zu wahren und den größten Teil des Wassers flüssig zu halten.*

...FASZINIEREND!...

Die Erde wird von einem Magnetfeld vor der Sonnenstrahlung geschützt, das 60.000 km weit ins All reicht.

Kopernikus

- Bis zum 16. Jahrhundert hielten die meisten Menschen die Erde für den Mittelpunkt des Universums, um den sich Mond, Sonne, Planeten und Sterne drehen.
- Nikolaus Kopernikus war der erste neuzeitliche Astronom, der die Sonne für das Zentrum hielt, um das sich die Erde dreht. Diese Sichtweise wird heliozentrisches Weltbild genannt.

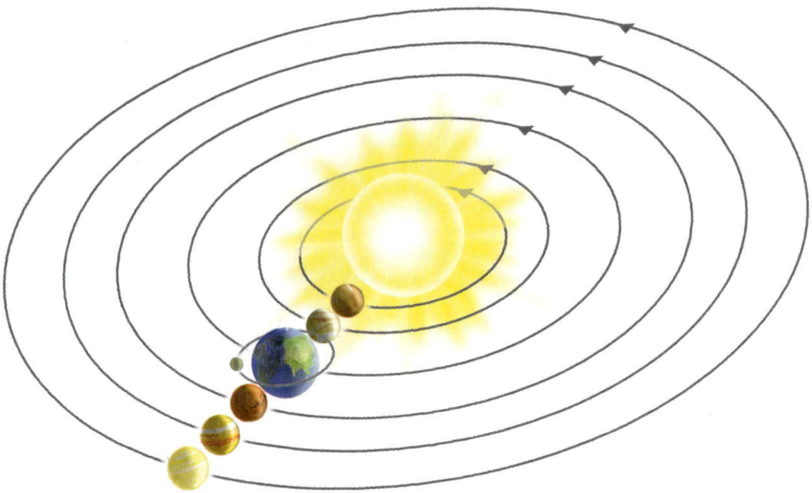

▲ *1543 stellte Kopernikus die revolutionäre Theorie auf, dass sich die Erde und andere Planeten um die Sonne drehen. Zuvor herrschte die Ansicht vor, dass sich Sonne und Planeten um eine fest stehende Erde drehen.*

▶ *Kopernikus schrieb: „Die Erde läuft zwischen den anderen Planeten ein Mal im Jahresverlauf zusammen mit dem Mond auf einer großen Kreisbahn um die Sonne."*

- Kopernikus wurde am 19. Februar 1473 im polnischen Thorn geboren und starb am 24. Mai 1543.
- Kopernikus war der Neffe eines Fürstbischofs und verbrachte den größten Teil seines Lebens als Domherr am Dom zu Frauenburg in Ostpreußen (heute Polen).
- Kopernikus beschrieb seine Theorie in dem Buch *De revolutionibus orbium coelestium* („Über die Kreisbewegungen der Weltkörper").
- Die katholische Kirche stellte sein Buch fast 300 Jahre lang unter Bann.
- Kopernikus entwickelte seine Ideen nicht durch Beobachtung des Nachthimmels, sondern durch das Studium der Astronomie der Antike.
- Sein wichtigster Anhaltspunkt war die hin und wieder zu beobachtende, scheinbare Rückwärtsbewegung der Planeten.
- Den ersten Beweis für die kopernikanische Theorie fand Galileo 1609, als er durch sein Teleskop die Rotation der Jupitermonde beobachtete.
- Die Umwälzung der Weltsicht durch Kopernikus wird als kopernikanische Wende bezeichnet.

Die Atmosphäre

- Eine Atmosphäre ist der Gasmantel eines Planeten, der durch die Schwerkraft festgehalten wird.
- Jeder Planet im Sonnensystem besitzt eine Atmosphäre.
- Die Atmosphären sind sehr verschieden. Die Atmosphäre der Erde ist die einzige, die der Mensch atmen kann.
- Atmosphären können sich sehr schnell verändern.
- Monde sind gewöhnlich zu klein und haben zu wenig Anziehungskraft, um eine Atmosphäre festzuhalten. Einige Monde im Sonnensystem, wie der Saturnmond Titan, besitzen jedoch eine Atmosphäre.
- Die ersten (Ur-) Atmosphären entstanden aus Gas- und Staubwolken, die um die junge Sonne kreisten.
- Falls auch die Erde und die anderen Gesteinsplaneten einst eine Uratmosphäre besaßen, wurde sie von Sonnenwinden (siehe: Seite 32) weggeblasen.
- Die Erdatmosphäre entstand aus vulkanischen Gasen.
- Die Atmosphäre des Jupiter ist zum Teil eine Uratmosphäre, die aber seither durch die Strahlung der Sonne sowie Hitze und Stürme des Planeten selbst verändert wurde.

◀ *Die Erdatmosphäre schützt uns vor der gefährlichen Strahlung der Sonne und versorgt uns mit Sauerstoff und Wasser.*

▼ *Dampfender Vulkan auf der Pazifikinsel Hawaii. Die Erdatmosphäre entstand aus solchen vulkanischen Dämpfen.*

...FASZINIEREND!...
Der Sauerstoff der Erdatmosphäre wurde von mikroskopisch kleinen Pflanzen erzeugt.

Das Leben

- Das einzig bekannte Leben existiert auf der Erde. Allerdings fand die NASA 1986 mögliche Spuren mikroskopischer Lebensformen in einem Gesteinsbrocken vom Mars.
- Das Leben auf der Erde entstand vermutlich vor 3,8 Milliarden Jahren.
- Die ersten Lebensformen waren wahrscheinlich Bakterien, die in der sehr heißen Umgebung unterseeischer Vulkane existierten.
- Die meisten Wissenschaftler glauben, dass alle lebenswichtigen Grundstoffe auf der Erde entstanden. Der Astronom Fred Hoyle aber sagt, dass sie aus dem Weltall kamen.
- Grundstoffe wie Aminosäuren wurden auch in Sternnebeln und auf Meteoriten gefunden.
- Gewaltige Blitze könnten zur Bildung großer organischer Moleküle auf der jungen Erde geführt haben.
- Die Erde ist wegen ihrer Gasatmosphäre, dem Oberflächenwasser und den gemäßigten Temperaturen für Leben geeignet.
- Der Mars ist der einzige weitere Planet, auf dessen Oberfläche einmal Wasser existierte. Deshalb suchen Wissenschaftler auch dort nach Anzeichen für Leben.
- Möglicherweise gibt es auch unter der Oberfläche des Jupitermonds Europa Wasser, das Leben hervorbringen könnte.

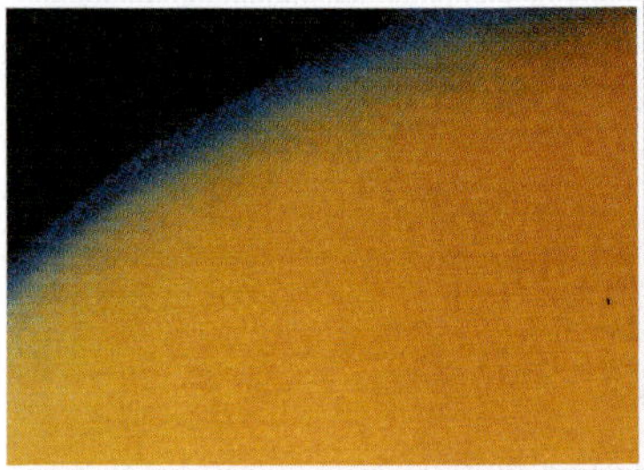

▲ *Der Saturnmond Titan könnte vielleicht Leben beherbergen. Er hat eine dicke Felskruste, in der sich Mikroorganismen verbergen könnten, und ist einer der wenigen Monde mit einer Atmosphäre.*

...FASZINIEREND!...
Tief in Felsgestein wurden Mikroorganismen gefunden. Könnten ähnliche Organismen auf dem Mars oder Titan existieren?

▶ *In der Frühzeit der Erde könnten gewaltige Blitze zur Entstehung von Molekülen aus organischem Material geführt haben.*

Tag und Nacht

- Wenn auf der sonnenzugewandten Seite der Erde Tag ist, ist es auf der abgewandten Seite Nacht. Während sich die Erde dreht, wandern die Tag- und Nachthälften langsam über die Oberfläche.
- Die Erde rotiert in Richtung Osten, deshalb geht in jedem Teil der Welt die Sonne im Osten auf, während die Welt sich ihr entgegendreht.
- Während die Erde rotiert, kehren die Sterne alle 23 Stunden, 56 Minuten und 4,09 Sekunden an dieselbe Position am Nachthimmel zurück. Dies wird Sterntag genannt.
- Die Sonne kehrt alle 24 Stunden an dieselbe Stelle am Taghimmel zurück. Dies ist der Sonnentag, der etwas länger als der Sterntag dauert, weil sich die Erdbahn täglich ein Grad weiter um die Sonne herum bewegt.
- Andere Planeten haben eine andere Tag- und Nachtlänge, weil sie unterschiedlich schnell rotieren.
- Ein Merkurtag dauert fast 59 Erdtage, weil Merkur für eine Umdrehung rund zwei Monate benötigt.
- Ein Jupitertag dauert weniger als zehn Stunden, weil Jupiter so schnell rotiert.
- Ein Marstag dauert 24,6 Stunden – ähnlich wie ein Erdtag.
- Ein Mondtag dauert einen Erdmonat.

▲ *Die Sonne bringt die Morgendämmerung, wenn die Erde unseren Teil der Welt in ihr Licht dreht, und sie geht mit der Abenddämmerung unter, wenn die Erde sich weiter dreht.*

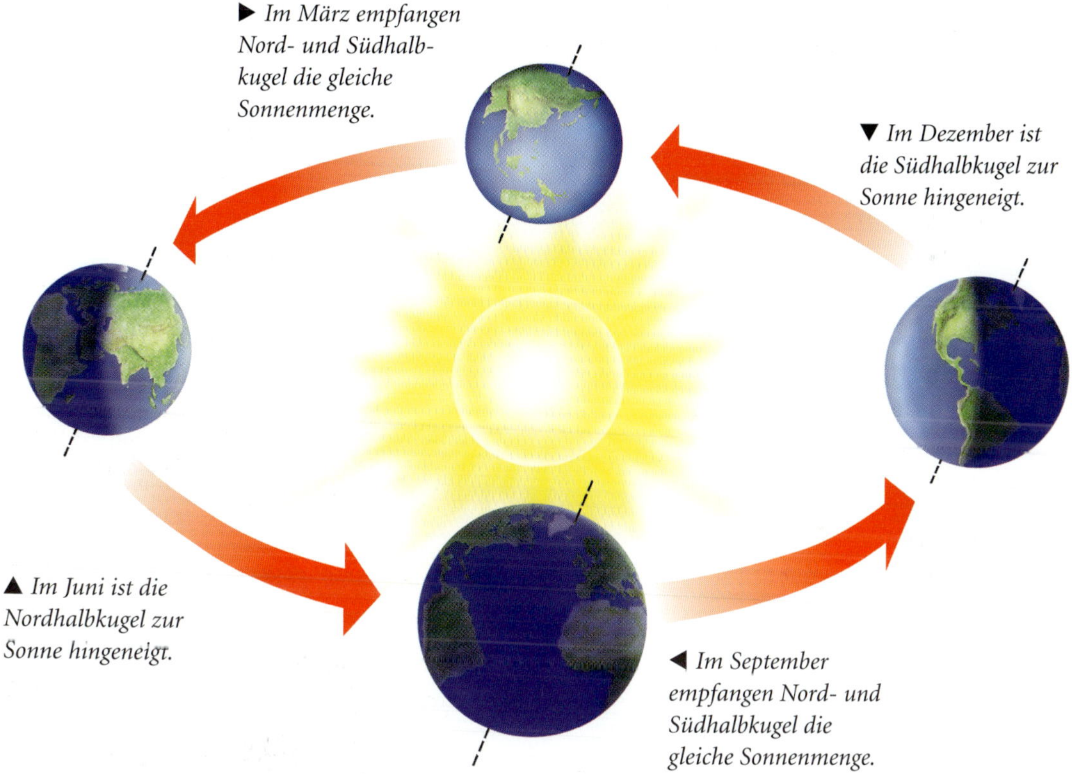

...FASZINIEREND!...

Ein Venustag dauert 5.832 Erdstunden!

Der Mond

- Der Mond ist 384.403 km von der Erde entfernt und nur 1/4 so groß wie diese.
- Der Mond kreist ein Mal im Monat um die Erde und eine Umdrehung dauert 27,3 Tage. Er rotiert außerdem alle 656 Stunden ein Mal um seine Achse.
- Der Mond ist das hellste Objekt am Nachthimmel, gibt aber kein eigenes Licht ab. Er scheint nur, weil seine helle Oberfläche das Sonnenlicht reflektiert.
- Nur die von der Sonne beschienene Seite des Mondes ist hell genug, um sie zu sehen. Da wir jeden Monat zunächst mehr, dann wieder weniger von dieser Seite sehen, während der Mond um die Erde läuft, scheint der Mond seine Form zu verändern. Das nennt man Mondphasen.
- In der ersten Hälfte jedes Monatszyklus nimmt der Mond vom Neumond zum Vollmond zu. In der zweiten Hälfte nimmt er wieder ab.
- Ein Mondmonat ist der Zeitraum zwischen einem Vollmond und dem nächsten. Das ist etwas länger, als der Mond für eine Erdumrundung braucht, weil sich die Erde ebenfalls bewegt.
- Der Mond hat keine Atmosphäre und seine Oberfläche besteht aus grauem Staub mit Kratern aus Meteoriteneinschlägen.

▲ *Der Mond ist die einzige andere Welt, auf die der Mensch bisher den Fuß gesetzt hat. Da es dort keine Atmosphäre und keinen Wind gibt, sind die Fußabdrücke der Apollo-Astronauten von 1969 perfekt erhalten geblieben.*

- Die Mondoberfläche hat große, dunkle Flächen, die man Meere nennt, weil die Menschen sie früher genau dafür hielten. Es sind in Wirklichkeit erstarrte Lavaströme von uralten Vulkanen.
- Eine Mondseite ist immer von uns abgewandt und heißt daher die dunkle Seite. Der Grund ist, dass der Mond genauso schnell um die eigene Achse rotiert, wie er um die Erde kreist.

▶ *Anders als die sich stetig verändernde Erdoberfläche ist die staubige, von Kratern überzogene Oberfläche des Mondes seit Milliarden von Jahren weitgehend unverändert. Die einzigen Veränderungen sind neue Krater von einschlagenden Meteoriten.*

... FASZINIEREND! ...
Die Schwerkraft auf dem Mond beträgt nur 17% der Erdanziehung. Deshalb können Astronauten dort 4 m hoch springen!

Monde

- Monde nennt man die natürlichen Satelliten von Planeten. Die meisten sind kleine Gesteinskugeln, die stetig den Mutterplaneten umkreisen und von dessen Schwerkraft festgehalten werden.
- Im Sonnensystem gibt es 101 bekannte Monde.
- Außer den sonnennächsten Planeten Merkur und Venus hat jeder Planet im Sonnensystem einen Mond.
- Durch Raumsonden oder das Weltraumteleskop Hubble werden immer neue Monde entdeckt.
- Drei Monde besitzen eine Atmosphäre: Saturns Titan, Jupiters Io und Neptuns Triton.
- Der größte Mond des Sonnensystems ist der Jupitermond Ganymed.
- Der zweitgrößte Mond ist der Saturnmond Titan. Er gleicht einer kleinen, gefrorenen Erde mit einem Gesteinskern unter einer kalten Stickstoffatmosphäre.
- Die kleinsten Monde sind nur wenige Kilometer große Felsbrocken.
- Der Saturnmond Iapetus ist auf einer Seite weiß und auf der anderen schwarz.
- Der Saturnmond Enceladus hat einen Durchmesser von nur 500 km und glitzert, weil er mit Eis bedeckt ist.

▲ *Der Saturnmond Enceladus ist von tiefen Tälern überzogen, die auf geologische Aktivität hindeuten. Dies ist bei Monden und kleineren Planeten ungewöhnlich.*

▲ *Triton, der größte der acht Neptunmonde, trudelt langsam auf Neptun zu und wird in 10 bis 100 Millionen Jahren zerbrechen und Ringe um den Planeten bilden. Die Geysire auf Triton stoßen gefrorenes Stickstoffgas aus.*

◀ *Der von Kratern überzogene Ganymed ist einer der vier Galilei'schen Jupitermonde. Als größter Mond des Sonnensystems ist er größer als der Merkur.*

Die Sonne

- Die Sonne ist mit 1.390.000 km Durchmesser ein mittelgroßer Stern. Sie ist 109 Mal größer als die Erde.
- Die Sonne wiegt 333.000 Mal mehr als die Erde, obwohl sie fast ausschließlich aus den leichtesten Gasen des Universums, Wasserstoff und Helium, besteht.
- Das Innere der Sonne wird durch Kernreaktionen auf rund 15 Millionen °C erhitzt.
- Die sichtbare Oberfläche der Sonne heißt Photosphäre. Dieses Meer aus kochenden Gasen strahlt Licht und Hitze ab, die wir auf der Erde sehen und fühlen.
- Über der Photosphäre liegt die dünne Chromosphäre, aus der Spikulen genannte, dünne Gasbüschel hervorschießen, so dass die Chromosphäre wie ein Flammenwald wirkt.
- Über der Chromosphäre liegt die Sonnenkorona.
- Die Hitze aus dem Sonneninneren bricht in heißen Gasströmen, den Granulen, und Flammenzungen, den Protuberanzen, durch die Oberfläche (siehe: Sonneneruptionen, Seite 32).

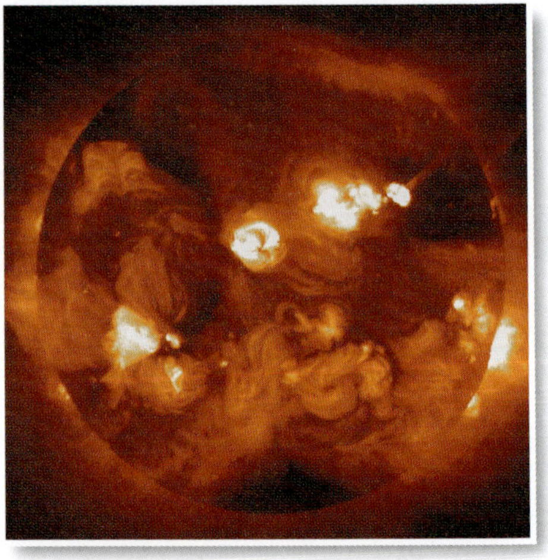

▲ *Dieses künstlich eingefärbte Satellitenfoto zeigt die Sonnenoberfläche als brodelnde Masse aus Flammen und heißen Gaszungen – ganz anders als das Bild, das wir von der Erde aus sehen.*

- Die Sonne wird heiß, weil der enorme Druck in ihrem Inneren die Kerne der Wasserstoffatome zu Heliumatomen fusionieren (verschmelzen) lässt.
- Auf halbem Weg zwischen Kern und Oberfläche ist die Sonne etwa so dicht wie Wasser. Auf zwei Dritteln des Weges ist sie so dicht wie Luft.
- Die Kernfusion im Sonneninneren strahlt jede Minute Abermilliarden von Photonen (siehe: Licht, Seite 178) ab – die dann aber zehn Millionen Jahre brauchen, um zur Oberfläche zu gelangen.

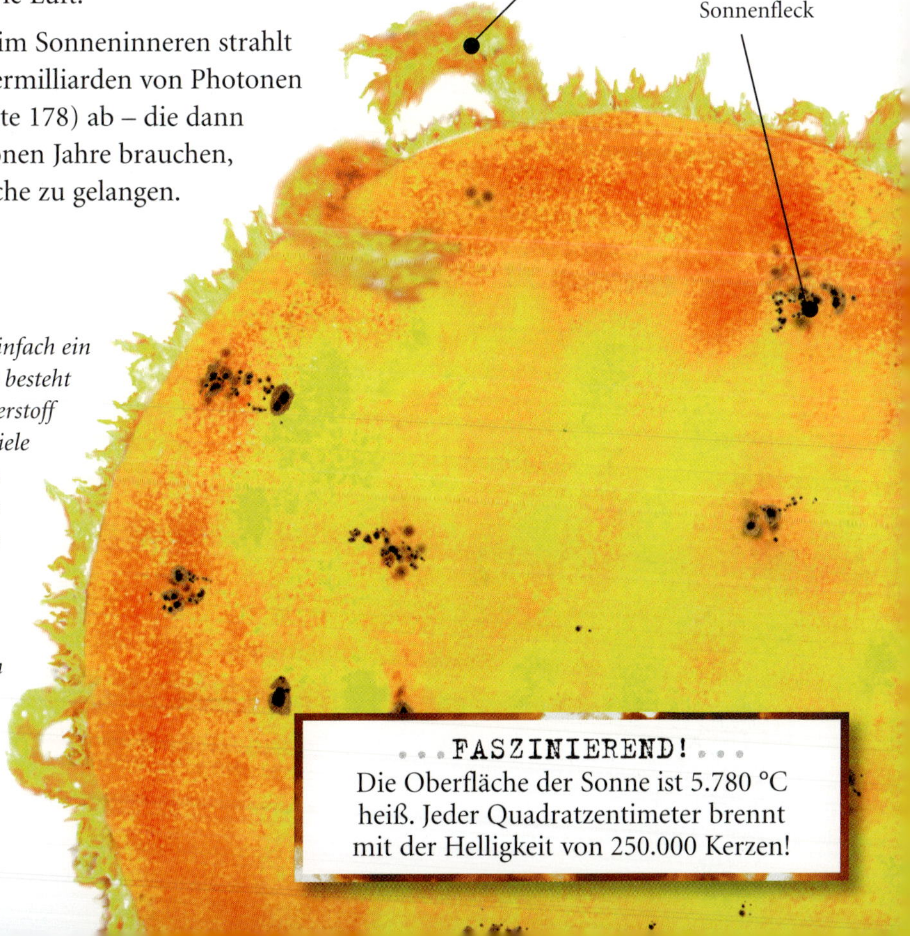

▶ *Die Sonne ist nicht einfach ein brennender Gasball. Sie besteht hauptsächlich aus Wasserstoff und Helium, hat aber viele Schichten. Sie hat einen Kern, in dem die meiste Hitze entsteht, und eine Reihe von Schichten bis hin zur brennenden Chromo-sphäre an der Oberfläche. Astronomen haben durch Raum-observatorien wie SOHO (Solar and Heliospheric Observa-tory) sehr viel über die Sonne gelernt.*

...FASZINIEREND!...

Die Oberfläche der Sonne ist 5.780 °C heiß. Jeder Quadratzentimeter brennt mit der Helligkeit von 250.000 Kerzen!

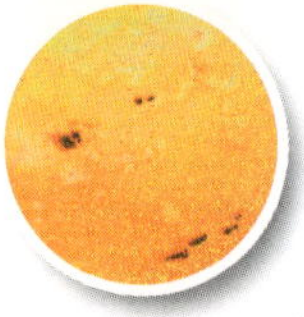

Sonnenflecken

- Sonnenflecken sind dunkle Flecken auf der Photosphäre (Oberfläche) der Sonne. Sie sind 2.000 °C kühler als der Rest der Oberfläche.
- Die dunkle Mitte ist die Umbra, der kühlste Teil des Flecks. Darum herum liegt die hellere Penumbra.
- Sonnenflecken treten in Gruppen auf, die sich im Laufe von zwei Wochen über die Sonne hinwegzubewegen scheinen, da die Sonne rotiert.
- Die Lebensdauer mancher Sonnenflecken ist kürzer als ein Tag.
- Die Anzahl der Sonnenflecken erreicht alle elf Jahre ein Maximum. Dies nennt man die Sonnenfleckenperiode.
- Das nächste Maximum steht 2013 an.
- Durch ein Maximum an Sonnenflecken kann das Wetter auf der Erde wärmer und stürmischer werden.
- Langfristige Sonnenfleckenperioden dauern 76 bzw. 180 Jahre – so als würde die Sonne ein- und ausatmen.

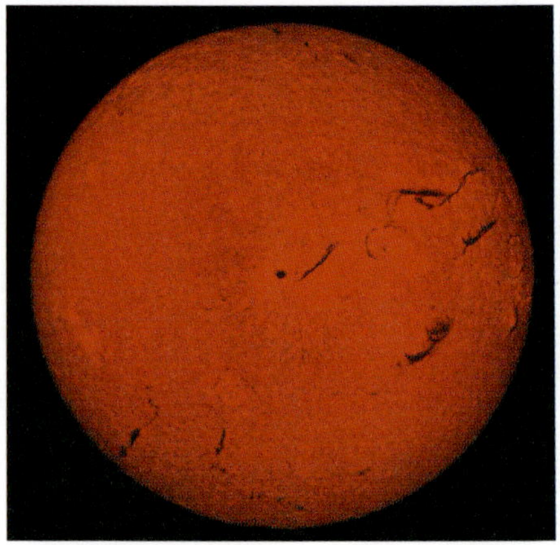

▲ *Infrarotbilder zeigen die dunklen Flecken auf der Oberfläche der Sonne.*

- Beobachtungen durch Satelliten wie Nimbus 7 haben gezeigt, dass bei einem Sonnenfleckenminimum weniger Wärme die Erde erreicht.

◄ *Sonnenflecken bilden dunkle Bereiche auf der Sonne. Sie senden Fackeln genannte Energiestöße aus, die Strahlung in den Weltraum abgeben.*

...**FASZINIEREND!**...
Der Satellit SOHO zeigte, dass sich die Flecken am Äquator schneller bewegen.

Sonneneruptionen

- Fackeln sind plötzliche Eruptionen auf der Sonnenoberfläche. Sie flammen in nur wenigen Minuten auf und brauchen dann eine halbe Stunde oder länger, um wieder zu verlöschen.
- Fackeln erreichen Temperaturen von bis zu 10 Millionen °C und haben die Energie von mehreren Millionen Atombomben.
- Fackeln senden nicht nur Hitze und Strahlung aus, sondern auch Ströme von geladenen Teilchen.
- Der Sonnenwind ist ein Strom elektrisch geladener Teilchen, der mit einer Geschwindigkeit von über einer Million km/h in alle Richtungen von der Sonne wegstrebt. Er erreicht die Erde nach 21 Stunden, weht aber auch durch das gesamte Sonnensystem.
- Jede Sekunde trägt der Sonnenwind über eine Million Tonnen geladener Teilchen von der Sonne fort.
- Die Erde wird durch ihr Magnetfeld vor der tödlichen Wirkung des Sonnenwinds geschützt (siehe: Magnetismus, Seite 188).
- Sonnenprotuberanzen sind gigantische, flammenartige Zungen aus heißem Wasserstoff, die manchmal aus der Sonne schießen.
- Sonnenprotuberanzen erreichen Temperaturen von bis zu 10.000 °C.
- Masseausstöße der Korona sind gigantische Eruptionen geladener Teilchen aus der Sonne. Sie erzeugen Sonnenwindstöße, die auf der Erde zu Magnetstürmen führen können.
- Ein Magnetsturm ist ein massiver Hagel von elektrisch geladenen Teilchen, der die Erde alle paar Jahre trifft und die Atmosphäre elektrisch auflädt.

▶ *Sonnenprotuberanzen können sich mehrere tausend Kilometer in den Weltraum erstrecken.*

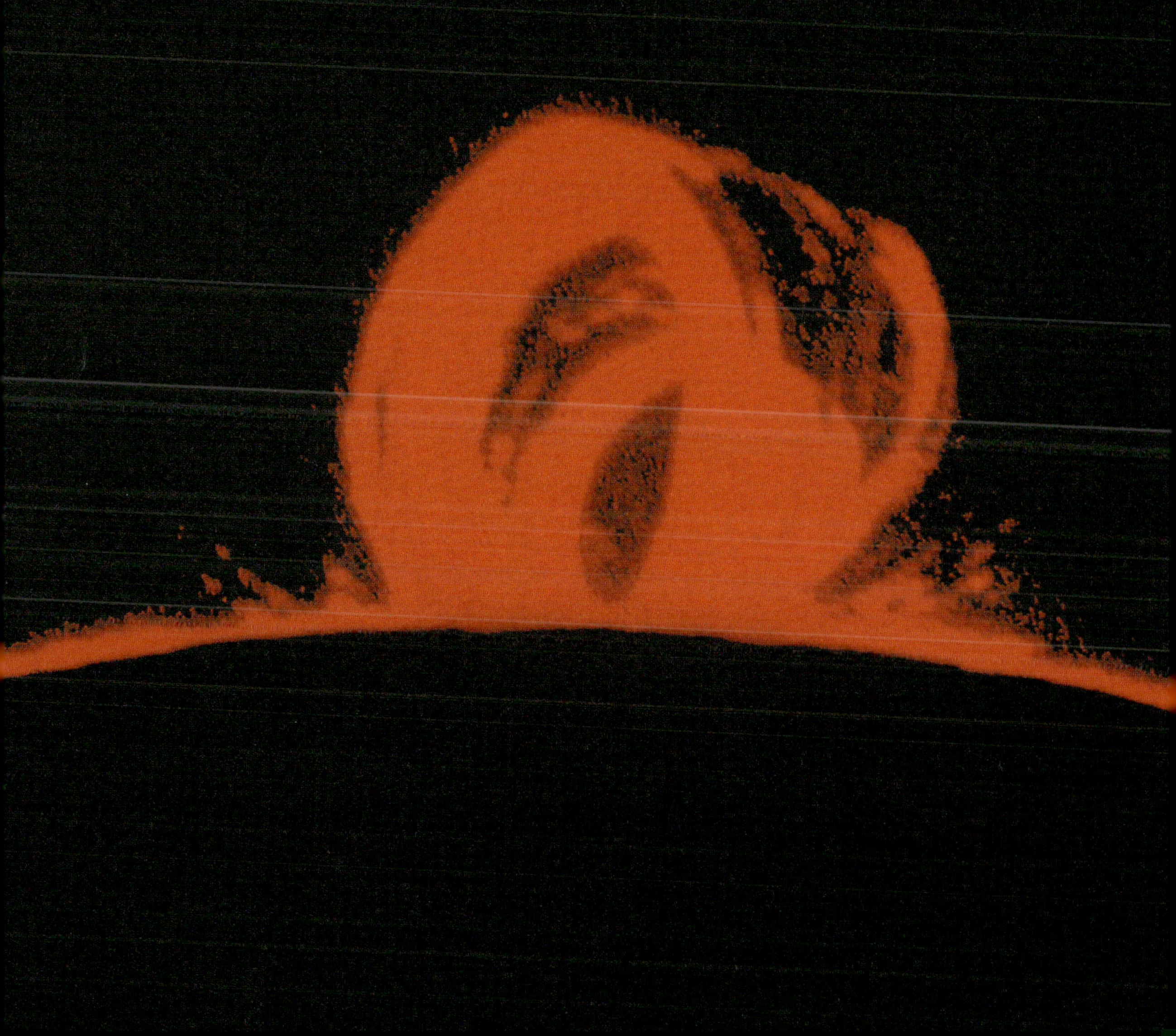

Solare Veränderungen

- Die Sonne ist rund fünf Milliarden Jahre alt und hat damit vermutlich die Hälfte ihres Lebens hinter sich.
- In ein paar Milliarden Jahre wird sie um das Doppelte heller und um 50% größer werden.
- In fünf Milliarden Jahren wird der Wasserstoff der Sonne verbrannt sein, und der Kern wird zu schrumpfen beginnen.
- Während der Kern schrumpft, schwillt der Gasmantel an und die Oberfläche wird kühler und roter. Die Sonne wird zum Roten Riesenstern.
- Die Erde wird zu Asche verbrennen, lange bevor die Sonne sie verschlucken kann.
- Die Sonne wird als Weißer Zwerg enden.

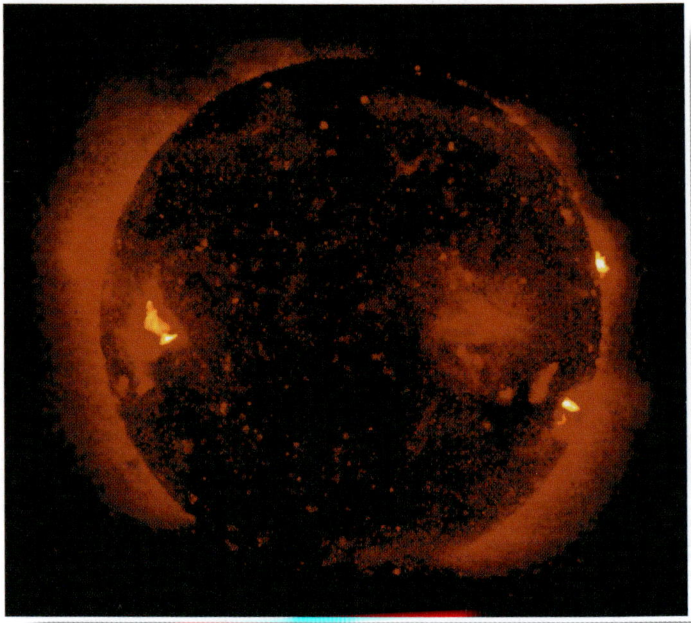

▲ *Die Sonne scheint so gleichmäßig zu brennen, dass wir glauben, sie bliebe für immer gleichmäßig warm und hell. Aber schon heute kann man feststellen, dass ihre Helligkeit kurzzeitigen, sehr leichten Schwankungen unterliegt, und über die nächsten fünf Milliarden Jahren wird sie vermutlich immer heller und stärker brennen.*

- Die Helligkeit der Sonne schwankt immer ein wenig, aber zwischen 1645 und 1715 war sie außergewöhnlich dunkel und zeigte keine Sonnenflecken. Dies nennt man das Maunder-Minimum. Zu dieser Zeit erlebte die Erde eine kleine Eiszeit.
- Wenn die Sonne aktiver ist, entsteht auf der Erde mehr Kohlenstoff-14. Dieser wird von Bäumen aufgenommen, und so können Wissenschaftler die Sonnenaktivität der Vergangenheit durch Messung des C-14-Gehalts in altem Holz untersuchen.
- Der Beobachtungssatellit SOHO steht zwischen der Erde und der Sonne und beobachtet Veränderungen in der Sonnenaktivität.

▶ *Die Atlas-Rakete mit dem hoch entwickelten Satelliten SOHO auf der Startrampe. Der Satellit beobachtet die Sonne, aber auch Umweltveränderungen und das Wettergeschehen auf der Erde.*

Finsternisse

- Eine Finsternis tritt ein, wenn das Licht eines Himmelskörpers, wie z. B. der Sonne, kurzzeitig von einem anderen Himmelskörper verdeckt wird.
- Bei einer Mondfinsternis liegt der Mond im vollen Erdschatten (die Erde steht zwischen der Sonne und dem Mond).
- Mondfinsternisse treten ein bis zwei Mal im Jahr auf und dauern nur wenige Stunden.
- Bei einer totalen Mondfinsternis erscheint der Mond rostrot.
- Die nächsten Mondfinsternisse werden sich am 16.5.2003, 9.11.2003, 4.5.2004 und 28.10.2004 ereignen.
- Eine Sonnenfinsternis tritt auf, wenn der Mond zwischen Sonne und Erde steht und einen mehrere Kilometer großen Schatten auf die Erde wirft.
- Bei einer totalen Sonnenfinsternis deckt der Mond die Sonne vollständig ab, so dass nur die Korona zu sehen ist.
- Jedes Jahr treten ein oder zwei Sonnenfinsternisse auf, aber sie sind auf der Erde nur in einem schmalen Streifen zu sehen.

▲ *Während einer totalen Sonnenfinsternis deckt der Mond die gesamte Sonne bis auf den Strahlenkranz der Korona ab.*

- Die nächsten totalen Sonnenfinsternisse treten am 23.11.2003 (Antarktis) und 8.4.2005 (Pazifik, Mittelamerika) und am 29.3.2006 (Atlantik, Nordafrika, Zentralasien) auf.
- Sonnenfinsternisse sind möglich, weil der Mond 400 Mal kleiner und gleichzeitig 400 Mal näher an der Erde ist als die Sonne. Dadurch wirken Sonne und Mond am Himmel gleich groß.

▼ *Um sein Augenlicht nicht zu verlieren, sollte der Mensch niemals direkt in die Sonne schauen. Diese Gruppe erwartet an einem Strand auf Hawaii eine totale Sonnenfinsternis. Sie benutzen spezielle Gläser, welche die Augen aber auch nicht zuverlässig schützen.*

Der Nachthimmel

- Der Nachthimmel wird vom Mond und den Sternen erhellt.
- Die meisten Lichtpunkte am Himmel sind Sterne. Bei beweglichen, blinkenden Lichtern kann es sich um Satelliten handeln.
- Die hellsten „Sterne“ am Nachthimmel sind keine echten Sterne, sondern die Planeten Jupiter, Venus, Mars und Merkur.
- Mit dem unbewaffneten Auge kann man etwa 2.000 bis 3.000 Sterne sehen.

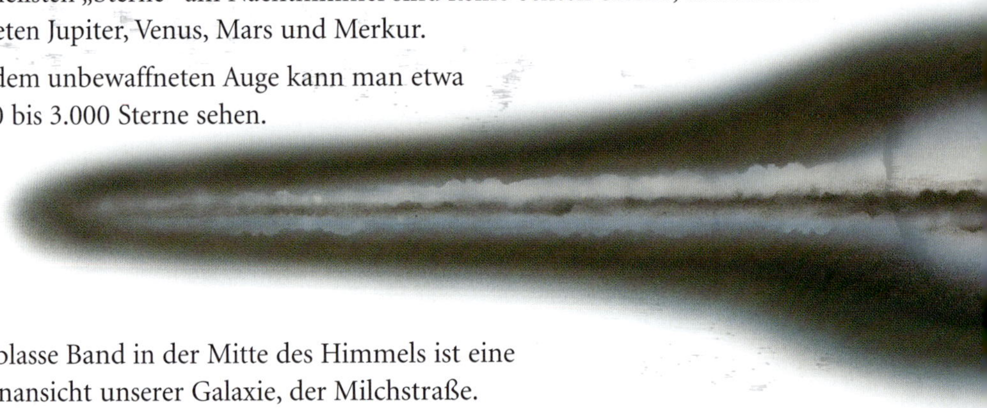

- Das blasse Band in der Mitte des Himmels ist eine Seitenansicht unserer Galaxie, der Milchstraße.
- Die Anordnung der Sterne am Himmel ist unveränderlich, scheint aber über den Nachthimmel zu wandern, weil die Erde sich dreht.
- Ein Sternenfeld benötigt 23 Stunden und 56 Minuten, um wieder an die gleiche Stelle am Nachthimmel zurückzukehren.
- Weil sich die Erde um die Sonne dreht, verändert sich unser Blickwinkel auf den Sternenhimmel, und so beginnt das Sternenzelt seinen Weg jeden Abend an einer anderen Stelle.
- Auf der Nord- und der Südhalbkugel sieht man unterschiedliche Ausschnitte des Sternenhimmels und damit unterschiedliche Sternbilder.

▼ Von der Erde aus sieht man die Milchstraße von der Seite.

FASZINIEREND!
Neben der Milchstraße kann man mit nacktem Auge noch eine weitere Galaxie sehen: die 2,2 Millionen Lichtjahre entfernte Andromeda.

◀ Am Nachthimmel kann man 2.000 bis 3.000 Sterne funkeln sehen (sie funkeln, weil die Wärme in der Atmosphäre sie flimmern lässt). Starke Teleskope zeigen nicht nur Tausende, sondern Millionen von Sternen. Selbst mit unbewaffnetem Auge sind einige der sichtbaren Sterne Billiarden von Kilometern entfernt – ihr Licht braucht Millionen von Jahren, um uns zu erreichen.

Astronomie

- Die Astronomie ist das Studium des Nachthimmels, von den Planeten und Monden bis hin zu den Sternen und Galaxien.
- Die Astronomie ist mit einer über 10.000-jährigen Geschichte die älteste aller Wissenschaften.
- Die alten Ägypter nutzten ihr astronomisches Wissen, um ihren Kalender zu berechnen und die Pyramiden auszurichten.
- Das Wort Astronomie kommt von den griechischen Wörtern astro, „Stern“, und nomia, „Gesetz“.
- Astronomen benutzen Teleskope, um weit entfernte und lichtschwache Objekte zu beobachten, die mit dem bloßen Auge nicht zu sehen sind.
- Himmelskörper geben neben Licht auch andere Strahlung ab, die mit speziellen Geräten entdeckt werden kann (siehe: Radio- und Weltraumteleskope, Seite 52 und 58).
- Professionelle Astronomen betrachten größtenteils eher Fotografien und Computerbildschirme, als durch ein Teleskop zu schauen, weil die meisten lichtschwachen Objekte erst nach langer Belichtungszeit auf Fotos zu sehen sind.

▲ *Astronomen arbeiten meist in Observatorien, die weit vom Licht der Städte entfernt sind, um einen klareren Blick auf den Nachthimmel zu bekommen.*

- Astronomen können neue Himmelskörper finden, indem sie neue Fotos mit alten vergleichen und nach Unterschieden suchen.
- Professionelle Astronomen benötigen hoch entwickelte Technik zum Arbeiten, aber auch Amateure mit einem Fernglas können gelegentlich wichtige Entdeckungen machen.

▼ *Die riesigen Pyramiden in Giseh sollen nach bestimmten Sternen ausgerichtet worden sein.*

Hipparchos

- Hipparchos von Nizäa (ca. 190 v. Chr. bis ca. 125 v. Chr.) war ein bedeutender griechischer Astronom.
- Die von Hipparchos aufgestellten Grundlagen der Astronomie überdauerten weit über 1.500 Jahre, bevor sie von Kopernikus umgestoßen wurden.
- Uralte babylonische Aufzeichnungen, die Alexander der Große von seinen Feldzügen mitbrachte, halfen Hipparchos bei seinen Beobachtungen der Sterne.
- Hipparchos war der erste Astronom, der die Entfernung zur Sonne zu bestimmen versuchte.
- Hipparchos stellte den ersten Sternkatalog mit 1028 Sternen zusammen.
- Hipparchos war auch der erste Astronom, der versuchte, die Sternbilder systematisch zu identifizieren und Sterne nach ihrer Größe einzuordnen (siehe: Sternhelligkeit, Seite 148).
- Hipparchos entdeckte, dass sich die relativen Positionen der Sterne zu den Tag- und Nachtgleichen (21. März und 23. September) langsam verschieben und erst nach 25.850 Jahren in ihre Ausgangsposition zurückkehren. Dies nennt man die Präzession.
- Man nimmt an, dass Hipparchos auch die Trigonometrie erfunden hat.

▲ *Ein Teil des astronomischen Wissens des Hipparchos stammte von sumerischen Tontafeln.*

▲ *Hipparchos führte seine Beobachtungen auf Rhodos durch. Er war der Erste, der die geografische Lage von Orten nach Längen- und Breitengrad bestimmte.*

Sternkataloge

- Astronomen bezeichnen jeden Stern eines Sternbildes nach seiner Helligkeit mit einem griechischen Buchstaben (siehe: Sternbilder, Seite 120). Damit heißt der hellste Stern im Sternbild des Pegasus Alpha Pegasi.
- Der erste Katalog nicht-stellarer Objekte (wie z. B. Nebel) wurde von dem Astronomen Charles Messier (1730–1817) erstellt. Die Objekte wurden mit einem M (für Messier) und einer Zahl benannt. M 1 ist der Krebs-Nebel.
- Messier veröffentlichte 1781 eine Liste von 105 Objekten. 1908 umfasste der Katalog schon 15.000 Einträge.
- Viele der von Messier ursprünglich als Nebel aufgelisteten Objekte sind heute als Galaxien identifiziert.
- Heute ist der Standardkatalog für Nebel und Sternhaufen der 1888 veröffentlichte New General Catalogue (NGC), der heute 13.000 Einträge enthält.
- Viele Objekte finden sich sowohl im NGC als auch im Messier-Katalog und haben daher zwei Nummern.
- Die Andromeda-Galaxie heißt M 31 und NGC 224.
- In ähnlichen Katalogen, wie dem 3C-Katalog der Universität Cambridge, werden auch Radioquellen aufgelistet.
- Der erste entdeckte Quasar heißt 3 c 48.
- Viele Pulsare werden heute nach ihren Koordinaten (Rektaszension und Deklination) benannt (siehe: Die Himmelskugel, Seite 154).

▲ *Bei den unzähligen Sternen, Galaxien und Nebeln benötigen die Astronomen sehr detaillierte Kataloge, um jedes Objekt zuverlässig wiederzufinden und zu überprüfen, ob es bereits untersucht wurde.*

Observatorien

- Observatorien sind Einrichtungen, in denen Astronomen den Weltraum studieren. Um einen klaren Blick auf den Nachthimmel zu erhalten, werden sie meist fernab von künstlicher Beleuchtung auf Berggipfeln errichtet.
- Einer der größten Observatoriumskomplexe liegt 4.200 m über dem Meeresspiegel im Krater des erloschenen hawaiianischen Vulkans Mauna Kea.
- In den meisten Observatorien befinden sich die Teleskope unter einem drehbaren Kuppeldach, so dass sie der Erdrotation folgen können.
- Im kaiserlichen Observatorium von Peking gibt es 500 Jahre alte astronomische Instrumente aus Bronze.
- Eines der ältesten noch arbeitenden Observatorien ist das 1675 gegründete Royal Greenwich Observatory in London.
- Das höchst gelegene Observatorium der Welt steht 4.300 m über dem Meeresspiegel in Denver, Colorado.
- Das am niedrigsten gelegene Observatorium liegt 1,7 km unter dem Meeresspiegel in der Homestake Mine, Dakota. Sein „Teleskop" besteht aus Tanks mit Reinigungsflüssigkeit, die Neutrinos von der Sonne einfangen (siehe: Kosmische Strahlung, Seite 180).
- Die ersten Fotografien von Sternen wurden 1840 gemacht. Heute verlassen sich die meisten Observatorien eher auf Fotos als auf die Augen der Astronomen.
- Moderne Sternfotografien werden mit CCD genannten Mikrochips (Charge-Coupled Devices) gemacht, die ein elektrisches Signal abgeben, wenn Licht auf sie fällt.

▲ *Der Turm der Winde in Athen: Das älteste existierende Observatorium der Welt wurde 100 v. Chr. errichtet.*

▶ *Das Kitt Peak National Observatory in Arizona, USA.*

Teleskope

- Optische Teleskope vergrößern entfernte Objekte, indem sie Lichtstrahlen mit Hilfe von Linsen oder Spiegeln beugen und so konzentrieren.
- Andere Teleskope empfangen Radiowellen (siehe: Radioteleskope, Seite 58), Röntgenstrahlung (siehe: Röntgenstrahlen, Seite 182) oder andere Formen elektromagnetischer Strahlung.
- Refraktoren sind Linsenteleskope, die das Licht mit Hilfe von geschliffenen Linsen bündeln.
- Reflektoren sind Spiegelteleskope, die das Licht mit Hilfe konkaver Spiegel einfangen.
- Da sie den Weg der einfallenden Lichtstrahlen umlenken, sind Spiegelteleskope kürzer und dicker als Linsenteleskope.
- Die meisten professionellen Astronomen schauen nicht direkt auf die Sterne, sondern nehmen das Bild des Teleskops mit lichtempfindlichen CCD-Chips auf (siehe: Observatorien, Seite 46).
- Die meisten frühen Entdeckungen wurden mit Linsenteleskopen gemacht.
- Moderne Observatorien verwenden riesige Spiegel aus sechseckigen Spiegelelementen.
- Große Teleskopspiegel werden beständig von Computern überwacht und nachjustiert, damit die Spiegeloberfläche immer formgenau glatt bleibt.

▼ *Diese Art des Spiegelteleskops wird von vielen Amateur-Astronomen verwendet.*

▼ *Der gigantische Mosaikspiegel des riesigen Teleskops am Smithsonian Observatory in Arizona.*

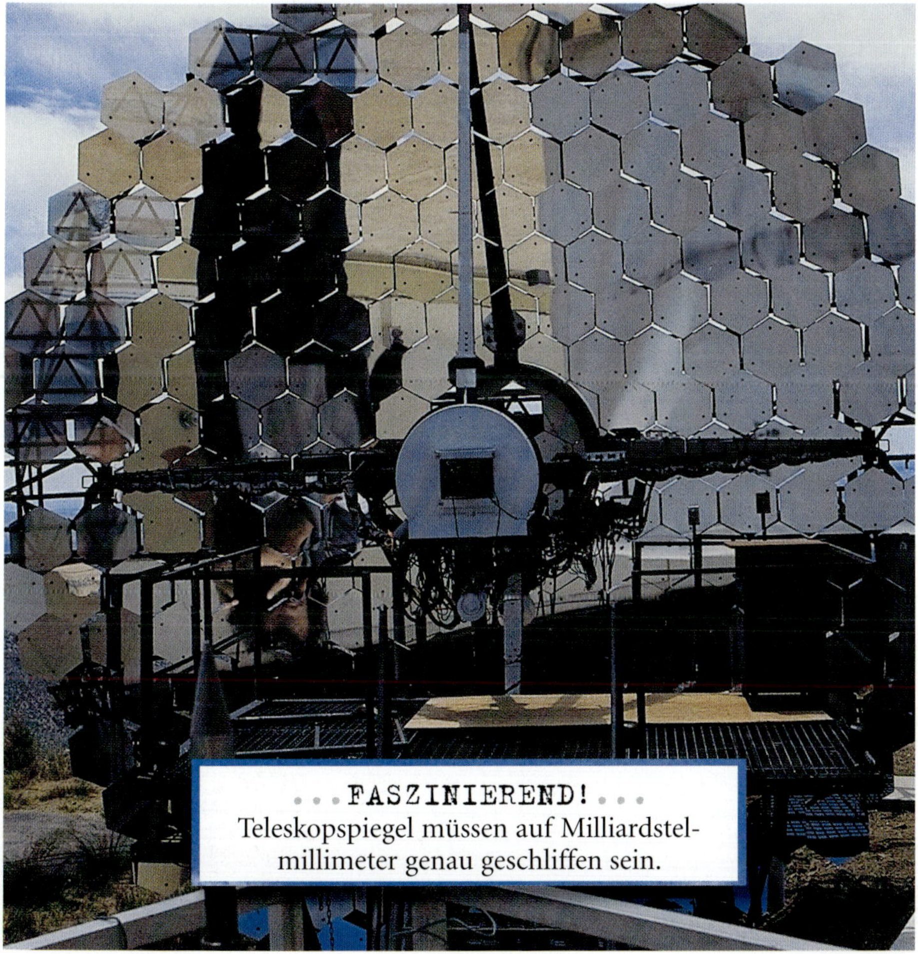

... **FASZINIEREND!** ...

Teleskopspiegel müssen auf Milliardstel-millimeter genau geschliffen sein.

Herschel

- Friedrich Wilhelm Herschel (1738–1822) war ein Amateur-Astronom, der im englischen Bath sein eigenes, sehr lichtstarkes Teleskop baute.
- Vor der Zeit Herschels glaubten die Astronomen, es gäbe nur sieben unabhängige Himmelskörper: den Mond, die Sonne und fünf Planeten.
- Uranus, der sechste Planet, wurde 1781 von Herschel entdeckt.
- Zunächst hatte Herschel den Lichtpunkt in seinem Teleskop für einen Stern gehalten. Dann aber entdeckte er eine winzige Scheibe an Stelle eines Lichtpunkts. In der nächsten Nacht hatte sich der „Stern" weiterbewegt. Es musste also ein Planet sein.
- Herschel wollte den Planeten nach dem englischen König George benennen, aber schließlich entschied man sich für Uranus.
- Herschels Partnerin bei seinen Entdeckungen war seine Schwester Caroline (1750–1848), eine große Astronomin, die alle Sterne der Nordhalbkugel katalogisierte.
- Herschels Sohn John katalogisierte die Sterne der Südhalbkugel.
- Herschel selbst fügte dem Katalog etliche Nebel hinzu.
- Herschel war auch der Erste, der erklärte, dass die Milchstraße unser Blickwinkel auf eine „wie ein Mühlstein" geformte Galaxie ist.

▲ *Wilhelm Herschel war einer der größten Astronomen. Mit Hilfe seiner Schwester Caroline entdeckte er 1781 den Uranus. Später identifizierte er zwei der Monde von Uranus und Saturn.*

▶ *Das riesige, extrem lichtstarke Teleskop, das Herschel nahe seinem Haus im englischen Bath baute.*

Weltraumteleskope

- Weltraumteleskope werden als Satelliten in den Raum geschossen, um das Universum ohne Störung durch die Erdatmosphäre beobachten zu können.
- Das erste Weltraumteleskop war 1972 Copernicus.
- Das bekannteste ist das Weltraumteleskop Hubble, das 1990 von einem Space Shuttle ausgesetzt wurde.
- Die verschiedenen Weltraumteleskope untersuchen jeweils unterschiedliche Strahlungsformen des elektromagnetischen Spektrums (siehe: Licht, Seite 178).
- Der Satellit COBE fängt Mikrowellen auf, die vom Urknall übrig geblieben sein könnten.
- Der Satellit IRAS untersuchte Infrarotwellen, die von so kleinen Objekten wie kosmischem Staub stammen.
- Der International Ultraviolet Explorer (IUE) ist eines der Weltraumteleskope, welche die ultraviolette Strahlung von Sternen untersuchen.
- Helios war eines der vielen Weltraumteleskope, die die Sonne untersucht haben.
- Röntgenstrahlen können nur von Satelliten wie Einstein, ROSAT und XTE aufgefangen werden.
- Gammastrahlen können nur von Weltraumteleskopen wie dem Compton Gamma-Ray Observatory aufgefangen werden.

▶ *Der Hauptspiegel des Weltraumteleskops Hubble war beim Start fehlerhaft, aber 1993 montierten Shuttle-Astronauten einen Ersatz.*

Galilei

- Galileo Galilei (1564–1642) war ein berühmter italienischer Mathematiker und Astronom.
- Galilei wurde am 15. Februar 1564 in Pisa geboren – im selben Jahr wie William Shakespeare.
- Galilei erfand 1583 die Pendeluhr, nachdem er eine schwingende Lampe im Dom zu Pisa beobachtet hatte.
- Galileis Experimente mit Kugeln auf schiefen Ebenen sind die Grundlage für unser Verständnis vom Einfluss der Schwerkraft auf die Beschleunigung.
- Nachdem er von der Erfindung des Teleskops gehört hatte, baute er sein eigenes, um Mond, Venus und Jupiter zu betrachten.
- Galilei beschrieb seine Beobachtungen 1613 in einem Buch, das er „Der Sternenbote“ nannte.
- Durch sein Teleskop stellte Galilei fest, dass der Jupiter vier Monde hat (siehe: Die Galilei'schen Jupitermonde, Seite 104). Er sah auch, dass die Venus Phasen durchläuft (wie unser Mond).
- Die Jupitermonde und die Venusphasen waren die ersten sichtbaren Beweise für Kopernikus' Theorie, dass sich die Erde um die Sonne bewegt. Auch Galilei glaubte daran.
- Für seine Unterstützung des Kopernikanischen Weltbilds wurde Galilei 1616 von der katholischen Kirche zum Ketzer erklärt. Später zog er seine Theorien unter Androhung der Folter zurück. Der Legende nach soll er hinterher gemurmelt haben: „eppur si muove“ („Und sie bewegt sich doch!“).

▲ *Als einer der brillantesten Wissenschaftler aller Zeiten beendete Galilei sein Leben wegen seiner Überzeugungen als Gefangener in seiner Villa bei Florenz.*

▲ *Galilei studierte den Himmel durch sein Teleskop, das er hier dem venezianischen Senat vorstellt.*

... **FASZINIEREND!** ...

Erst am 13. Oktober 1992 wurde Galilei von der Kirche rehabilitiert.

Hubble

- Der Amerikaner Edwin Hubble (1889–1953) studierte Jura in Chicago und Oxford und war auch ein erfolgreicher Boxer, bevor er sich der Astronomie zuwandte.
- Bis Anfang des 20. Jahrhunderts glaubten die Astronomen, unsere Galaxie sei das Einzige, was im Universum existierte.
- In den 1920er-Jahren bewies Hubble, dass unscharfe Lichtflecken, die man bis dahin für Nebel hielt, eigentlich weit entfernte Galaxien waren.
- Die Rotverschiebung verriet Hubble: Je weiter eine Galaxie von uns entfernt ist, desto schneller bewegt sie sich.
- Das Verhältnis der Entfernung einer Galaxie zu ihrer Fluchtgeschwindigkeit ist heute als Hubble-Gesetz bekannt.
- Das Hubble-Gesetz beweist, dass das Universum wächst – es muss also anfangs sehr klein gewesen sein. Dies führte zur Theorie vom Urknall.
- Der aus dem Hubble-Gesetz gewonnene Wert heißt Hubble-Konstante und liegt bei 50 bis 80 km/s pro Megaparsek.

▲ *Eine der frühesten Entdeckungen Hubbles war, dass es sich bei einigen „Sternnebeln" in Wahrheit um Galaxien handelt.*

- In den 1930er-Jahren zeigte Hubble, dass das Universum isotrop ist (in allen Richtungen gleiche Eigenschaften besitzt).
- Das Weltraumteleskop Hubble ist nach Edwin Hubble benannt.

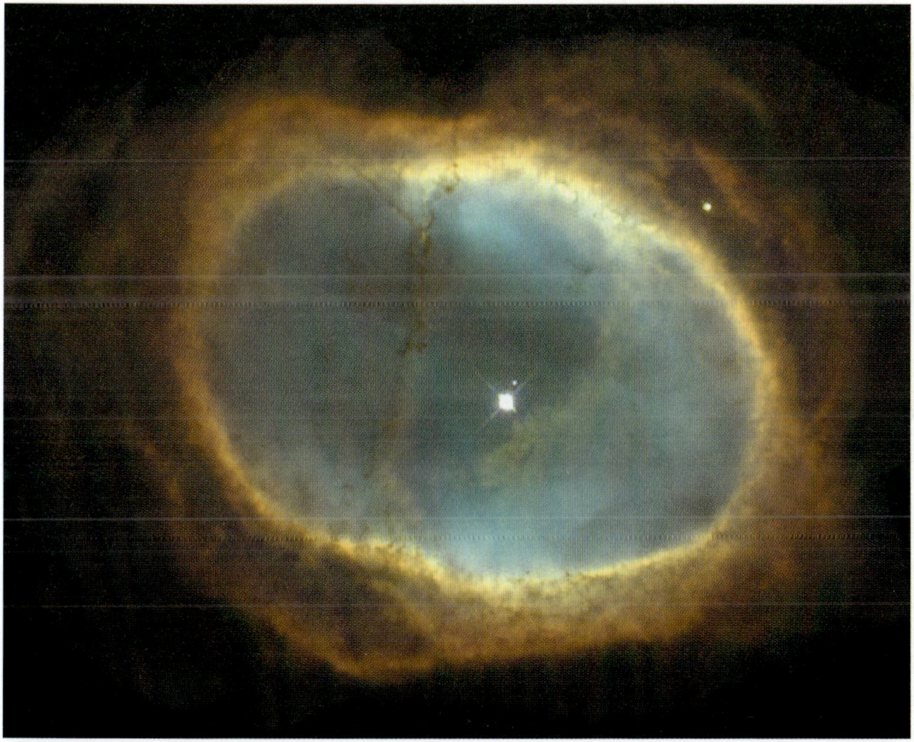

▲ *Vom Weltraumteleskop aufgenommenes Bild eines Planetaren Nebels.*

Radioteleskope

- Radioteleskope fangen Radiowellen anstelle von Licht auf.
- Wie Spiegelteleskope haben Radioteleskope (siehe: Teleskope, Seite 48) eine große Schüssel, die Daten einfängt und bündelt.
- In der Mitte der Schüssel eines Radioteleskops befindet sich eine Antenne, die Radiosignale empfängt.
- Weil Radiowellen viel länger sind als Lichtwellen, sind die Schüsseln sehr groß – oftmals bis zu 100 m Durchmesser.
- Statt einer großen Schüssel verwenden manche Radioteleskope ein „Array", eine Zusammenschaltung mehrerer kleiner Schüsseln. Je weiter die Schüsseln voneinander entfernt sind, desto schärfer wird das Bild.
- Das Very Long Baseline Array (VLBA) besteht aus zehn Schüsseln, die über die gesamten USA verteilt sind.
- Die Radioastronomie führte zur Entdeckung von Pulsaren und der Hintergrundstrahlung des Urknalls.
- Radiogalaxien sind sehr weit entfernt und (wenn überhaupt) nur sehr schwach sichtbar, können aber entdeckt werden, weil sie Radiowellen aussenden.
- Die Radioastronomie hat bewiesen, dass die Milchstraße eine scheibenförmige Galaxie mit Spiralarmen ist.

...FASZINIEREND!...
Mit 305 m ist das Arecibo-Radioteleskop in Puerto Rico die größte Empfangsschüssel der Welt.

▼ *Viele Radioteleskope verwenden ein Array aus Schüsseln, die per Interferometrie zusammengeschaltet sind.*

Umlaufbahnen

- Eine Umlaufbahn (Orbit) ist der Weg, auf dem sich ein Mond, Planet oder anderer Himmelskörper im Schwerefeld eines größeren Körpers um diesen herumbewegt.
- Umlaufbahnen können kreisförmig, elliptisch oder parabolisch sein. Die Umlaufbahnen der Planeten sind elliptisch.
- Ein umlaufender Himmelskörper wird Satellit genannt.
- Die größten bekannten Umlaufbahnen sind die der Milchstraßen-Sterne, deren Umlaufzeiten 200 Millionen Jahre oder länger dauern können.
- Das Bewegungsmoment hält einen Satelliten in Bewegung. Wie viel Moment ein Satellit hat, hängt von seiner Masse und seiner Geschwindigkeit ab.

▲ *Raumstationen sind künstliche Satelliten, welche die Erde umkreisen. Der Mond ist der natürliche Satellit der Erde.*

- Ein Satellit kreist in jeweils der Höhe, in der sein Bewegungsmoment den Zug der Schwerkraft des größeren Körpers exakt ausgleicht.
- Wenn die Schwerkraft größer ist als das Bewegungsmoment, stürzt der Satellit auf den größeren Körper zu. Wenn das Bewegungsmoment größer als die Schwerkraft ist, fliegt der Satellit ins All davon.
- Je niedriger ein Satellit kreist, desto schneller muss er fliegen, um nicht abzustürzen.
- Die geostationäre Umlaufbahn eines künstlichen Erd-Satelliten liegt 35.790 km über dem Äquator. Dort muss er sich mit 11.000 km/h bewegen, um die Erde in genau 24 Stunden zu umkreisen. Da die Erde ebenfalls 24 Stunden für eine Umdrehung benötigt, steht der Satellit immer an der gleichen Stelle über dem Äquator.

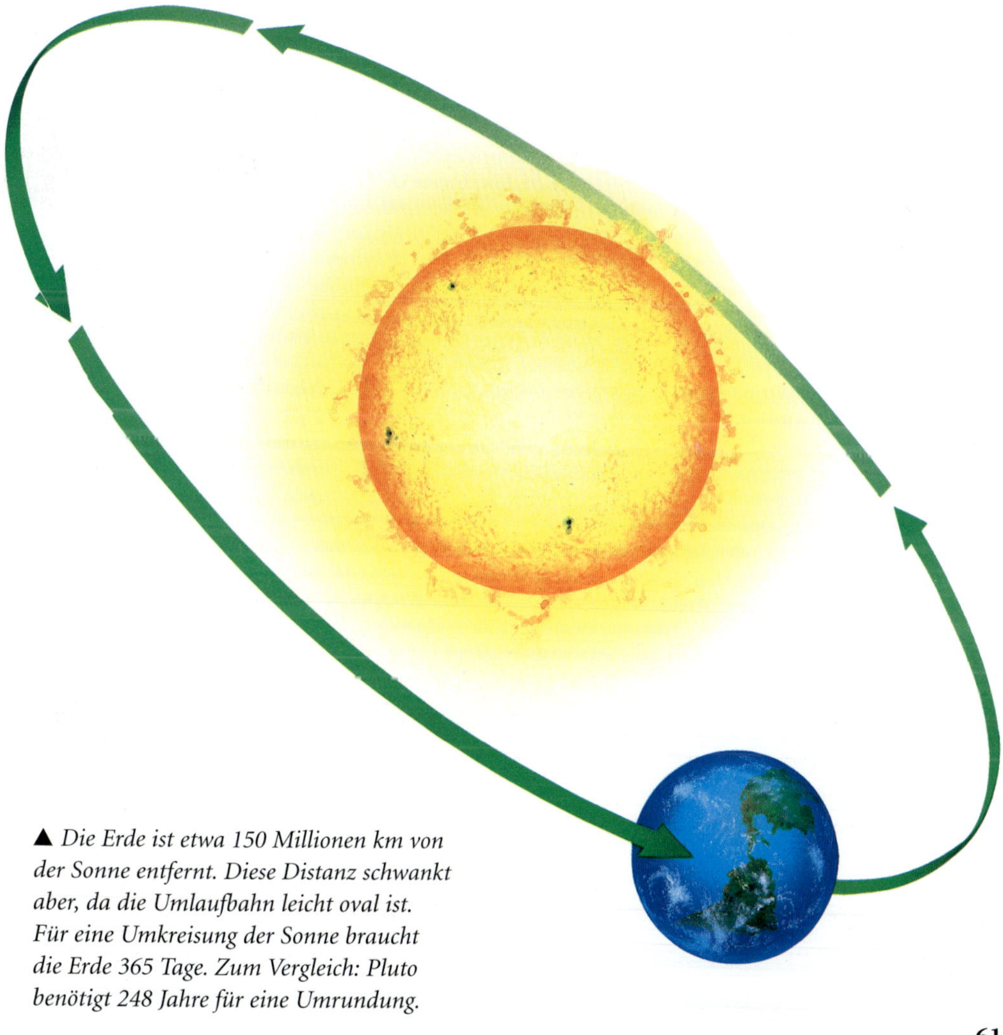

▲ *Die Erde ist etwa 150 Millionen km von der Sonne entfernt. Diese Distanz schwankt aber, da die Umlaufbahn leicht oval ist. Für eine Umkreisung der Sonne braucht die Erde 365 Tage. Zum Vergleich: Pluto benötigt 248 Jahre für eine Umrundung.*

Satelliten

- Satelliten sind Objekte, die Planeten und andere Himmelskörper umkreisen. In die Umlaufbahnen von Erde und Sonne geschickte Raumfahrzeuge sind künstliche Satelliten.
- Der erste künstliche Satellit war der am 4.10.1957 gestartete Sputnik 1.
- Heute werden etwa 100 künstliche Satelliten pro Jahr gestartet. Einige von ihnen sind Weltraumteleskope.

▲ *Einer der vielen hundert Satelliten in der Erd-Umlaufbahn.*

- Kommunikationssatelliten übertragen alles, von Fernsehbildern bis hin zu Telefongesprächen rund um die Welt.
- Beobachtungssatelliten beobachten die Erde und dienen der Wissenschaft, Wettervorhersage und Spionage.
- Navigationssatelliten wie das Global Positioning System (GPS) helfen zum Beispiel Piloten bei der exakten Positionsbestimmung.
- Satelliten werden mit einer bestimmten Geschwindigkeit und mit einer bestimmten Flugbahn gestartet, damit sie in die richtige Umlaufbahn gelangen.
- Je niedriger die Umlaufbahn eines Satelliten, desto schneller muss er fliegen, um nicht abzustürzen. Die meisten Satelliten bewegen sich mit rund 500 km Höhe recht niedrig über der Erde.

- Eine geostationäre Umlaufbahn ist 35.790 km hoch. Satelliten in geostationärer Umlaufbahn über dem Äquator stehen immer an derselben Stelle über der Erde.
- Satelliten auf polarer Umlaufbahn umkreisen die Erde in 850 km Höhe von Pol zu Pol und beobachten bei jeder Umdrehung einen anderen Streifen der Erdoberfläche.

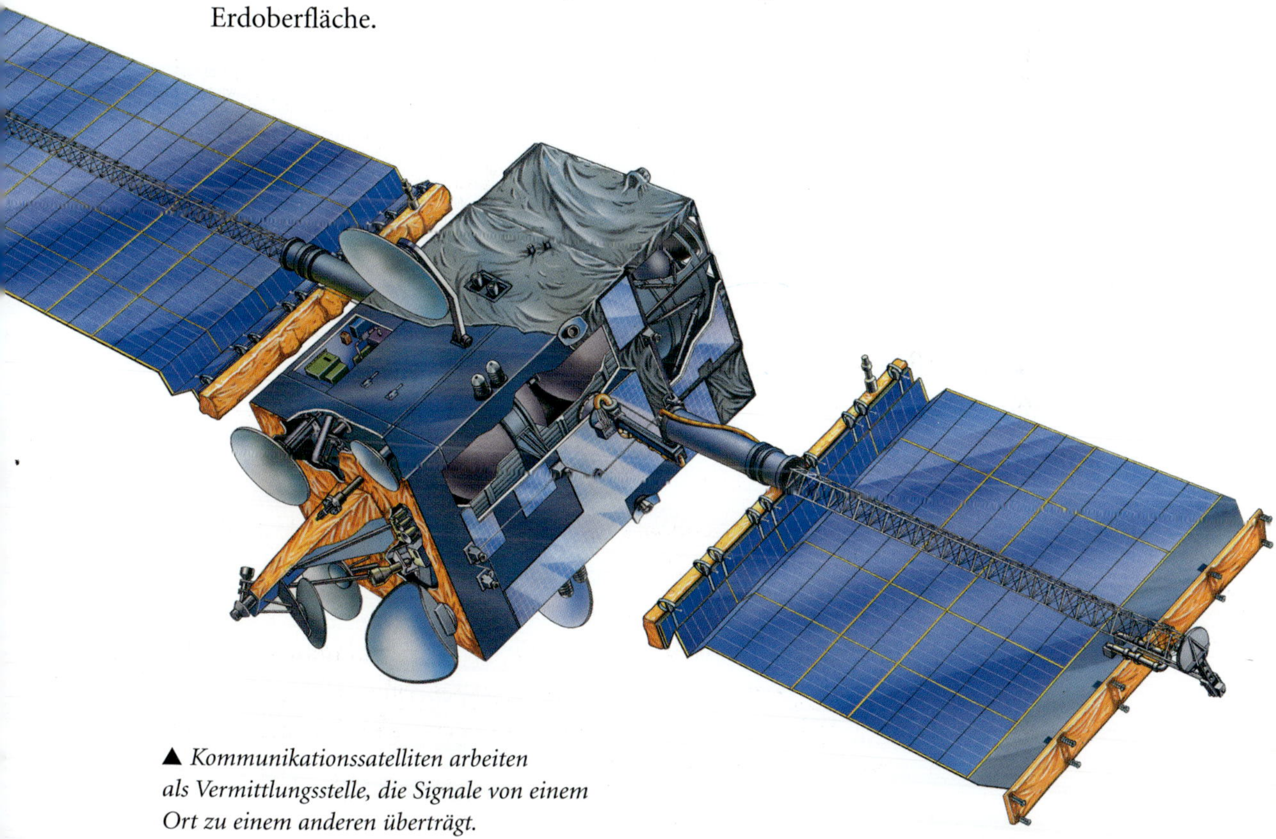

▲ *Kommunikationssatelliten arbeiten als Vermittlungsstelle, die Signale von einem Ort zu einem anderen überträgt.*

Weltraumforschung

- Der Weltraum wird auf zweierlei Arten erforscht: durch Beobachtung von der Erde mit großen Teleskopen und durch Inaugenscheinnahme vor Ort mit Raumfahrzeugen.
- Den größten Anteil haben dabei unbemannte Raumsonden.
- Die ersten Bilder von der dunklen Seite des Mondes wurden im Oktober 1959 von der Raumsonde Luna 3 gesendet.
- Bemannte Raumflüge sind bisher nur bis zum Mond gelangt, aber 2020 könnte es auch einen bemannten Flug zum Mars geben.
- Die Apollo-Astronauten brauchten drei Tage bis zum Mond.
- Keine Raumsonde ist je von einem anderen Planeten zurückgekommen.
- Eine Reise zu den Sternen würde hunderte von Jahren dauern, deshalb gibt es Überlegungen, Asteroiden auszuhöhlen und zu riesigen bemannten Raumschiffen auszubauen.
- Eine andere Idee ist, Raumschiffe auf langen Reisen Impulsen aus Laserlicht anzutreiben.
- Die Sonden Pioneer 10 und 11 tragen Metallplaketten, die Außerirdischen von uns erzählen sollen.

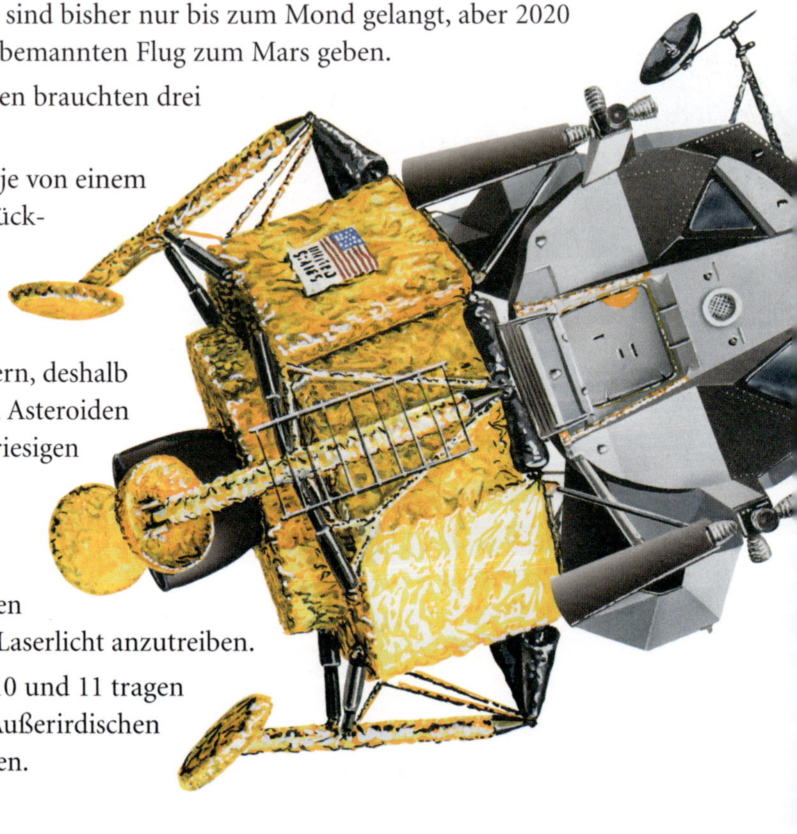

▲ *Die amerikanische Apollo 11, die 1969 die berühmte Reise zum Mond machte.*

▲ *Die meiste Forschungsarbeit im All wird von unbemannten Sonden geleistet, die von Computern gesteuert werden und Daten per Funksignal an die Erde zuücksenden.*

... FASZINIEREND! ...

Die NASA plant die Entwicklung von Raumschiffen, die durch Wurmlöcher zu den Sternen reisen können (siehe: Schwarze Löcher).

Raumfahrzeuge

- Es gibt drei Arten von Raumfahrzeugen: künstliche Satelliten, unbemannte Sonden und bemannte Raumschiffe.
- Raumfahrzeuge haben doppelte Rümpfe (Hüllen), um sie gegen Zusammenstöße mit anderen Objekten abzuschirmen.
- Bemannte Raumschiffe müssen die Besatzung zusätzlich gegen Hitze und andere gefährliche Auswirkungen von Start und Landung schützen.
- Raumschifffenster haben Filter, die die Astronauten vor der gefährlichen ultravioletten Sonnenstrahlung schützen.

▶ *Vermeintliche außerirdische Raumschiffe werden manchmal „fliegende Untertassen“ genannt. Die moderne Science Fiction stellt sie eher so dar.*

- Radiatoren an der Außenseite eines Raumschiffs geben Wärme ins All ab, damit die Körperwärme der Besatzung das Schiff nicht überhitzt.
- Bemannte Raumschiffe haben Lebenserhaltungssysteme, die ein Sauerstoff-Stickstoff-Gemisch als Atemluft liefern. Aktivkohlefilter beseitigen schlechte Gerüche.
- Das Kohlendioxid, das die Besatzung ausatmet, wird von Lithium-Hydroxid-Pellets gebunden.
- Raumschifftoiletten müssen Fäkalien bei niedriger Schwerkraft entsorgen. Die Astronauten müssen hierzu deshalb auf einer Art Staubsauber sitzen. Feststoffe werden getrocknet und nach draußen entsorgt, das Wasser wird wiederaufbereitet.
- Zum Waschen verwenden Astronauten eine wasserdichte Dusche, die sie von allen Seiten besprüht und das Wasser gleich wieder absaugt.

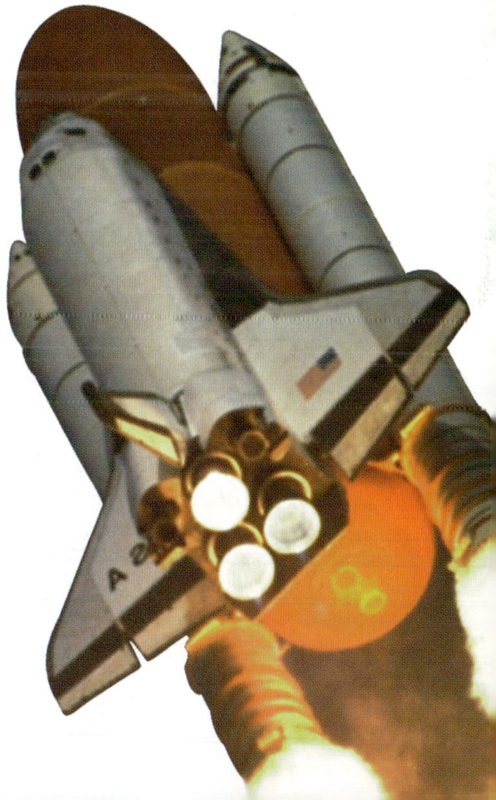

▶ *Mit dem ersten wiederverwendbaren Raumschiff, dem Space Shuttle, sind bemannte Flüge in die Erdumlaufbahn fast Routine geworden.*

...FASZINIEREND!...
Wegen der Schwerelosigkeit müssen die Astronauten mit Bändern gesichert in der Luft schwebend schlafen.

Raketen

- Raketen liefern einem Raumschiff den nötigen gewaltigen Schub, um sich von der Erdanziehung befreien und in den Weltraum gelangen zu können.
- Raketen verbrennen Treibstoff, dessen heiße Gase das Fahrzeug vorantreiben.
- Raketentreibstoff besteht aus zwei Komponenten: einem festen oder flüssigen Brennstoff und einem Sauerstoffträger.
- Festbrennstoff ist eine gummiartige Substanz, die Wasserstoff enthält und vornehmlich in Zusatz-Schubtriebwerken verwendet wird.
- Flüssigbrennstoff ist meist flüssiger Wasserstoff, der bei großen Raketen eingesetzt wird.
- Im Weltraum gibt es keinen Sauerstoff, deshalb braucht man den Sauerstoffträger für die Verbrennung. Meistens handelt es sich um flüssigen Sauerstoff (kurz „LOX“ genannt).
- Die ersten Raketen wurden schon vor 1.000 Jahren in China gebaut.
- Robert Goddard startete 1926 die erste Flüssigstoff-Rakete.

▲ *Das Space Shuttle verwendet einen riesigen Brennstofftank und zwei Booster-Raketen zum Start. Nach dem Start fallen die Booster ab. Für die Mission selbst nutzt das Shuttle dann seine eigene Triebwerksenergie.*

▶ *Im Gegensatz zu anderen Raumfahrzeugen kann das Shuttle wie ein Flugzeug landen. Aber auch das Shuttle wird mit Hilfsraketen in den Weltraum geschossen, die nach dem Start abgesprengt, eingesammelt und wiederverwendet werden.*

...FASZINIEREND!...
Die stärkste Rakete aller Zeiten war die Saturn 5, die Astronauten zum Mond brachte.

Raketenstart

- Das größte Problem beim Raketenstart ist die Überwindung der Erdanziehung.
- Um der Erdanziehung zu entkommen, muss ein Raumschiff mit einer bestimmten Beschleunigung gestartet werden.
- Die Mindestgeschwindigkeit, die ein Raumschiff braucht, um in einer stabilen Kreisbahn um die Erde zu bleiben, ist die Bahngeschwindigkeit.
- Wenn ein Raumschiff 140% der Bahngeschwindigkeit erreicht, kann es sich von der Erdanziehung lösen. Dies wird Fluchtgeschwindigkeit genannt.
- Der Schub für den Start kommt von mächtigen Raketen.
- Die Startraketen sind in so genannte Stufen unterteilt, die nach Erledigung ihrer Aufgabe abgetrennt werden.
- Die erste Raketenstufe hebt alles vom Boden ab. Ihr Schub muss also größer sein als das Gewicht von Raumschiff und Rakete zusammen. Sie wird wenige Minuten nach dem Start abgetrennt.
- Eine zweite Stufe beschleunigt das Raumschiff dann auf die Fluchtgeschwindigkeit.
- Nach dem Start werden die Startstufen abgetrennt, und das Raumschiff zündet seine eigenen, schwächeren Raketenantriebe.

▶ *Ein Raumschiff kann keine Flügel für den Start benutzen, da diese nur in der unteren Atmosphäre funktionieren. Stattdessen müssen Startraketen genügend Schub erzeugen, damit das Raumschiff die Erdanziehung überwinden kann.*

... **FASZINIEREND!** ...
Um in 200 km Höhe zu kreisen, muss ein Raumschiff über 8 km/s schnell fliegen.

Das Space Shuttle

- Das Space Shuttle ist ein wiederverwendbares Raumfahrzeug, das aus dem 37,2 m langen so genannten Orbiter, zwei Feststoffraketen (Booster), drei Haupttriebwerken und einem Tank besteht.
- Die Booster tragen den Orbiter ins All, fallen dann ab und werden wiederverwendet. Nach Beendigung der Mission landet der Orbiter wie ein Segelflugzeug.
- Der Orbiter kann nur eine erdnahe Umlaufbahn von maximal 300 km Höhe erreichen.
- Die Besatzung besteht aus 8 Personen, eine Standard-Mission dauert 7 Tage.
- Die Orbiter-Toilette nutzt einen Luftstrom, um Fäkalien abzusaugen.
- Der Orbiter kann bis zu 25 t Nutzlast in der Ladebucht aufnehmen.

▲ *Für die Zukunft sind schnellere Raumflugzeuge geplant, die Menschen zu anderen Planeten bringen können.*

- Die ersten vier Orbiter wurden nach alten Segelschiffen benannt: Columbia, Challenger, Discovery und Atlantis.
- Die drei Haupttriebwerke werden nur zum Start genutzt. Im Weltraum übernehmen die kleinen Steuerdüsen des Orbital Manoeuvering System (OMS) die Arbeit. Das Reaction Control System (RCS) hält den Orbiter in Position.
- 1993 reparierte die Discovery-Besatzung das Weltraumteleskop Hubble im All.

- Das Shuttle-Programm wurde 1986 vorübergehend gestoppt, als die Challenger kurz nach dem Start explodierte und die Besatzung ums Leben kam.
- Eine ebenso schlimme Katastrophe ereignete sich 2003 mit dem Absturz der Columbia bei der Landung.

▲ *Der gesamte Mittelteil des Orbiters ist eine Ladebucht, die geöffnet werden kann, um Satelliten auszusetzen.*

Raumsonden

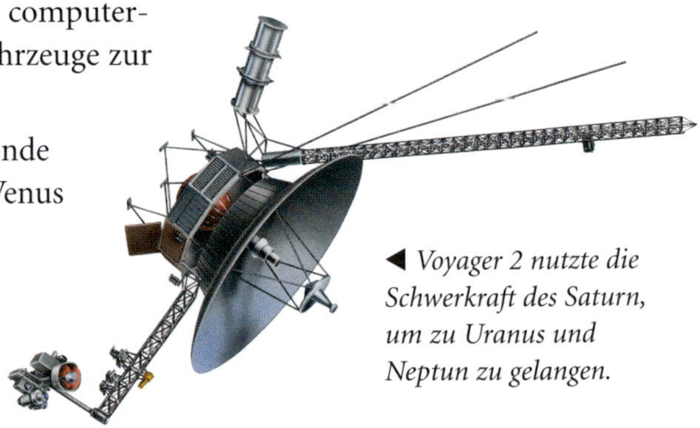

◀ *Voyager 2 nutzte die Schwerkraft des Saturn, um zu Uranus und Neptun zu gelangen.*

- Raumsonden sind automatische, computergesteuerte, unbemannte Raumfahrzeuge zur Weltraumerkundung.
- Die erste erfolgreiche Planetensonde war Mariner 2, die 1962 an der Venus vorbeiflog.
- 1974 erreichte Mariner 10 den Merkur.
- 1976 landeten Viking 1 und 2 auf dem Mars.
- Voyager 2 hat bisher mehr als sechs Milliarden Kilometer zurückgelegt und verlässt bald das Sonnensystem, nachdem sie schon dicht an Jupiter (1979), Saturn (1980), Uranus (1986) und Neptun (1989) vorbeigeflogen ist.
- Die meisten Sonden verbringen nur wenige Tage im Vorbeiflug bei ihrem Ziel und funken Daten an die Erde.
- Um auf der Reise zu fremden Planeten Treibstoff zu sparen, können Raumsonden die Schwerkraft naher Planeten nutzen, um sich weiter zu katapultieren. Dies nennt man Swing-by.
- In den ersten zehn Jahren des 21. Jahrhunderts sollen mehr als 50 Raumsonden zu Planeten, Asteroiden und Kometen sowie zur Beobachtung von Sonne und Mond gestartet werden.
- Raumsonden werden bald Proben von Mars, Kometen und Asteroiden zur Erde zurückbringen.

▶ *Sonden sind mit einer Vielzahl von Apparaten ausgestattet, um Daten zu sammeln und zur Erde zu senden.*

. . . FASZINIEREND! . . .

Der Terrestrial Planet Finder (TPF) der NASA sucht ab 2009 nach Planeten benachbarter Sterne.

Voyager 1 und 2

- Die unbemannten Voyager-Sonden wurden zur Erforschung der äußeren Planeten gestartet.
- Voyager 1 wurde am 5. September 1977 gestartet. Die Sonde passierte im März 1979 Jupiter und im November 1980 Saturn und ist heute auf einem Kurs, der sie aus dem Sonnensystem heraustragen wird.
- Voyager 2 reist viel langsamer. Die Sonde wurde zwar zwei Wochen vor Voyager 1 gestartet, erreichte Jupiter aber erst im Juli 1979 und Saturn erst im August 1981.
- Die Voyager-Sonden nutzten die Schwerkraft des Jupiter für den „Swing-by“ (siehe: Raumsonden, Seite 74), um zum Saturn zu gelangen.
- Während Voyager 1 das Sonnensystem verlassen wird, flog Voyager 2 im Januar am Uranus und am 24. August 1989 am Neptun vorbei und machte die ersten Nahaufnahmen dieser beiden Planeten.

◀ *Io, der orange Jupitermond. Voyager 2 entdeckte hier 1979 Schwefelvulkane.*

- Die Voyager-Sonden entdeckten Vulkane auf Io, einem der Galilei’schen Jupitermonde.
- Voyager 2 fand zehn unbekannte Monde des Uranus.
- Voyager 2 entdeckte sechs unbekannte Monde und drei Ringe um den Neptun.

▶ *Voyager 2 erreichte 1989 den Neptun und lieferte unzählige neue Erkenntnisse über diesen fernen Planeten.*

FASZINIEREND!

Voyager 2 wird bis zum Jahr 2020 Daten vom Rand des Sonnensystems senden.

Raumfahrt

- Der erste künstliche Satellit, der russische Sputnik 1, wurde 1957 gestartet.
- Das erste Lebewesen im All war der Hund Laika an Bord von Sputnik 2. Leider starb sie, als der Sauerstoffvorrat an Bord zu Ende ging.
- Der erste Mensch im Weltraum war im April 1969 der russische Kosmonaut Juri Gagarin im Raumschiff Wostok 1.
- Die erste kontrollierte Mondlandung gelang im Februar 1966 der russischen Luna 9.
- 1970 war die russische Venera 7 die erste Sonde, die auf einem anderen Planeten landete.
- Anfang der 1970er-Jahre fuhren die Lunochods, russische Roboterfahrzeuge, 47 km weit über den Mond.
- Die Entwicklung des Space Shuttle 1981 machte die Arbeit im Orbit wesentlich einfacher.
- Einige Kosmonauten haben mehr als zwölf Monate in Folge an Bord der Raumstation Mir verbracht.
- Der Kosmonaut Walerij Poljakow stellte an Bord der Mir mit 437 Tagen im All einen Langzeitrekord auf.

▼ *Laika, das erste Lebewesen im All, reiste in der russischen Sputnik 2.*

▶ *Das Space Shuttle erreicht eine Geschwindigkeit von bis zu 30.000 km/h.*

FASZINIEREND!

Die Lockheed Martin X33 hätte so leicht wie ein Flugzeug ins All fliegen können. Nach dem Bau eines Prototyps halber Größe wurde das Projekt aber eingestellt.

Astronauten

- Die allerersten Astronauten waren Jet-Piloten.
- Astronauten müssen absolut fit sein und sehr gut sehen können.
- Die amerikanische Raumfahrtbehörde NASA trainiert ihre Astronauten im Johnson Space Center bei Houston, Texas.
- An Bord des Space Shuttle arbeiten drei Arten von Astronauten: Piloten, Missions-Spezialisten und Nutzlast-Spezialisten.
- Der Pilot oder Kommandant leitet die Mission und steuert das Raumschiff.
- Die Missions-Spezialisten sind Besatzungsmitglieder mit besonderen Aufgaben, sie führen z. B. Experimente durch und gehen auf Weltraumspaziergänge.
- Nutzlast-Spezialisten sind keine NASA-Astronauten, sondern Wissenschaftler und andere Passagiere.
- Astronauten lernen Tauchen, um sich auf Weltraumspaziergänge vorzubereiten.

▲ *Um die anstrengenden Missionen und die Schwerelosigkeit auszuhalten, müssen Astronauten hart trainieren. Sie verbringen auch viel Zeit in Simulatoren und Flugzeugen.*

- Im Training erfahren die Astronauten simulierte Schwerelosigkeit – zunächst im Flugzeug, dann in Wassertanks. Daneben werden sie auch sehr hohem und sehr niedrigem Luftdruck ausgesetzt.
- Die Schwerelosigkeit lässt die Astronauten während der Mission um mehrere Zentimeter wachsen.

▲ *Die Apollo-11-Besatzung landete als Erste auf dem Mond. Neil Armstrong (links) und Buzz Aldrin (rechts) waren die ersten Menschen auf dem Mond. Michael Collins (Mitte) steuerte währenddessen das Kommando-Modul Columbia, das den Mond umkreiste.*

Weltraumspaziergänge

- Die technische Bezeichnung für das Verlassen eines Raumschiffs im Flug lautet Extra-Vehicular Activity (EVA), also Außenbord-Aktivität.
- 1965 war der russische Kosmonaut Alexe Leonow der erste Mensch, der aus seinem Raumschiff ausstieg.
- Die längste Zeit außerhalb ihres Raumschiffs verbrachten Shuttle-Astronauten mit 8 Stunden und 29 Minuten.
- Die ersten Weltraumspaziergänger waren mit Versorgungsleitungen an ihr Raumschiff gebunden.
- Heute verwenden die meisten Weltraumspaziergänger einen großen Raketentornister, die Manned Manoeuvering Unit (MMU), mit dem sie sich absolut frei bewegen können.
- Der amerikanische Astronaut Bruce McCandless war 1984 der Erste, der eine MMU im Weltraum benutzte.
- Schäden an der Raumstation Mir und anderen Satelliten wurden durch Weltraumspaziergänger repariert.
- Russische und amerikanische Astronauten werden beim Bau der Internationalen Raumstation (ISS) mehr als 1.700 Stunden im All verbringen.

◀ *Die Internationale Raumstation ISS wird am Ende über 100 m lang und 450 t schwer sein. Weltraumspaziergänge sind wichtig, um sie bis 2004 fertig zu stellen.*

▲ *Ein Astronaut mit dem Raketentornister MMU.*

...FASZINIEREND!...
In Zukunft wird eine fußballgroße fliegende Roboterkamera Astronauten bei Weltraumspaziergängen unterstützen.

Mondlandung

- Die erste Mondlandung gelang der unbemannten russischen Sonde Lunar 9, die 1966 auf der Mondoberfläche aufsetzte.
- Die ersten Menschen in der Mondumlaufbahn waren 1968 die Astronauten der Apollo 8.
- Die amerikanischen Astronauten Neil Armstrong und Buzz Aldrin waren am 21. Juli 1969 die ersten Menschen, die den Mond betraten.
- Als Neil Armstrong erstmalig einen Fuß auf den Mond setzte, sagte er: „Das ist ein kleiner Schritt für einen Menschen, aber ein riesiger Sprung für die Menschheit."
- Zwischen 1969 und 1972 landeten zwölf Menschen auf dem Mond.
- Die Astronauten brachten 384 kg Mondgestein mit zur Erde.
- Auf der Mondoberfläche wurde ein Spiegel installiert, der das Licht eines Lasers reflektiert und so eine erstaunlich genaue Entfernungsmessung ermöglicht.
- Lasermessungen haben gezeigt, dass der Mond im Durchschnitt 384.403 km von der Erde entfernt ist.
- Die Schwerkraft auf dem Mond ist so schwach, dass Astronauten selbst in ihren schweren Anzügen hoch springen können.
- Gegen Mittag erreichen die Temperaturen auf dem Mond 130 °C. In der Nacht fallen sie auf -160 °C.

▲ *Die Mondmission Apollo 13 endete wegen einer Explosion an Bord fast in einer Katastrophe. Die Besatzung konnte im Kommando-Modul zur Erde zurückkehren.*

▶ *Das erste Mondauto wurde von den Astronauten der Apollo-15-Mission eingesetzt.*

Raumanzüge

- Raumanzüge schützen die Astronauten, wenn sie ihr Raumschiff verlassen. Die Anzüge heißen in der Fachsprache EMUs (Extra-Vehicular Mobility Units).
- Die äußeren Schichten des Raumanzugs schützen vor schädlicher Strahlung der Sonne und pfeilschnellen Staubteilchen, den Mikrometeoriten.
- Auch der durchsichtige Kunststoffhelm schützt vor Strahlung und Mikrometeoriten.
- In den Helm wird Sauerstoff geblasen, damit das Visier nicht beschlägt.
- Die mittleren Lagen des Raumanzugs werden wie ein Ballon aufgeblasen, um den Körper des Astronauten sanft zu stützen. Kleine Astronauten können sogar in ihren Anzügen schweben.
- Das weiche innere Futter des Raumanzugs ist von Wasserschläuchen durchzogen, die den Körper des Astronauten kühlen oder wärmen.
- Der Rückentornister liefert reinen Sauerstoff zum Atmen und entsorgt das ausgeatmete Kohlendioxid. Die Tanks enthalten genügend Sauerstoff für bis zu sieben Stunden.
- Die Handschuhe haben Silikon-Fingerspitzen, um dem Astronauten etwas Tastgefühl zu geben.
- Verschiedene Systeme das Anzugs kümmern sich um die Flüssigkeiten – einschließlich eines Schlauchs zum Trinken und eines anderen zum Einsammeln des Urins.
- Ein vollständiger Raumanzug kostet etwa elf Millionen Dollar, allerdings entfallen 70% davon auf den Tornister und das Kontrollmodul.

▶ *Raumanzüge müssen nicht nur ein komplettes Lebenserhaltungssystem (Sauerstoff, Wasser usw.) an Bord haben, sondern auch vor den Gefahren des Weltraums schützen.*

Raumstationen

- Die erste Raumstation war die 1971 gestartete russische Saljut 1. Durch ihre niedrige Umlaufbahn konnte sie nur fünf Monate im All bleiben.
- Die erste amerikanische Raumstation war Skylab. Zwischen 1973 und 1974 verbrachten drei Besatzungen insgesamt 171 Tage an Bord.
- Die dienstälteste Raumstation war die russische Mir. Seit dem Start 1986 umrundete sie die Erde über 76.000 Mal. Die letzte Besatzung ging 1999 von Bord.
- Die Mir wurde in mehreren Stufen gebaut. Sie wog 125 t und hatte sechs Andockplätze, zwei Wohnzimmer, ein Badezimmer und zwei kleine Einzelkabinen.
- Auf einer Raumstation gibt es kein „oben“ und „unten“, aber Mir hatte einen Teppich auf dem „Boden“, Bilder an den „Wänden“ und Lampen an der „Decke“.
- Der Kosmonaut Walerij Poljakow stellte mit 437 Tagen auf der Mir einen Rekord auf.
- Die riesige Internationale Raumstation ISS wird in mehreren Stufen gebaut und soll 2004 fertig werden.
- Die erste Besatzung ging im November 2000 an Bord der ISS.
- Die ISS wird 108 m lang, 90 m breit und 450 t schwer sein.

▲ *Die amerikanische Station Skylab wurde 1973 gestartet und arbeitete bis 1979.*

▶ *Die russische Mir war die größte je gebaute Raumstation. Sie stürzte im März 2001 in den Pazifik.*

...FASZINIEREND!...
Der Wohnraum auf der ISS wird größer als der Innenraum von zwei Jumbos.

Planeten

- Planeten sind kugelförmige Himmelskörper, die um eine Sonne kreisen.
- Das Leben von Planeten beginnt wie bei Sonnen als Gas- und Staubwolke.
- Planeten sind nie größer als 20% der Größe ihrer Sonne. Wären sie größer, würden sie selbst zur Sonne werden.
- Einige Planeten, die Gesteinsplaneten, haben eine Oberfläche aus festem Gestein. Andere, die Gasplaneten, haben eine flüssige oder gasförmige Oberfläche.
- Das Sonnensystem hat neun Planeten, wie z. B. den Pluto. Pluto könnte aber auch ein aus seiner Ursprungsbahn vertriebener Mond oder ein Asteroid sein.
- In der Nähe anderer Sterne als der Sonne hat man Riesenplaneten entdeckt. Man nennt sie extrasolare Planeten.
- Extrasolare Planeten sind zu weit weg, um sie sehen zu können, aber man kann sie entdecken, weil sie ihre Sonne „wackeln“ lassen.
- Ein extrasolarer Planet ist vor kurzem fotografiert worden.
- Zu den neun bisher bekannten Sonnen mit Planeten zählen auch 47 Ursae Majoris, 51 Pegasi und 70 Virginis.

◀ *Die meisten der neun Planeten unseres Sonnensystems sind seit der Antike bekannt, aber in den letzten Jahren wurden auch weit entfernte Sonnen mit Planeten entdeckt.*

▲ *Die Planeten, von vorne nach hinten: Neptun, Uranus, Saturn, Jupiter, Mars, Erde und ihr Mond, Venus und Merkur. Pluto (nicht abgebildet) ist am weitesten von unserer Sonne entfernt.*

Kepler

- Johannes Kepler (1571–1630) war der deutsche Astronom, der die Grundregeln für die Bewegung der Planeten entdeckte.
- Kepler machte seine Entdeckung durch die Beobachtung des Mars.
- Vor Keplers Entdeckung glaubten die Menschen, die Planeten würden sich in Kreisen bewegen.
- Kepler entdeckte, dass die Umlaufbahnen der Planeten in Wirklichkeit elliptisch (oval) sind. Das ist das 1. Kepler'sche Gesetz.
- Das 2. Kepler'sche Gesetz sagt, dass sich die Geschwindigkeit eines Planeten mit der Entfernung von seiner Sonne verändert.
- Ein Planet bewegt sich am schnellsten, wenn er der Sonne am nächsten kommt (das nennt man sein Perihel). Er bewegt sich am langsamsten, wenn er am weitesten von der Sonne entfernt ist (d. h. sein Aphel erreicht).
- Das 3. Kepler'sche Gesetz sagt, dass die Periode eines Planeten – die Zeit, die er für einen Umlauf um die Sonne benötigt – von seiner Entfernung von der Sonne abhängt.
- Das 3. Kepler'sche Gesetz lautet: Das Quadrat der Periode eines Planeten verhält sich proportional zur dritten Potenz seiner Durchschnittsentfernung von der Sonne.
- Kepler glaubte, dass die Planeten bei ihrer Bewegung harmonische Musik erzeugen: „Die Musik der Sphären".

▲ *Obwohl er mit drei Jahren durch die Pocken fast erblindete und gelähmt wurde, wurde Kepler Assistent des großen dänischen Astronomen Tycho Brahe und führte das Werk Brahes nach dessen Tod fort.*

▲ *Johannes Kepler wurde bei seinen Forschungen durch Kaiser Rudolph II. unterstützt. Hier diskutieren sie Keplers Entdeckung der Planetenbewegung.*

Der Merkur

- Der Merkur ist der sonnennächste Planet, seine Umlaufbahn schwankt zwischen 45,9 und 69,7 Millionen km Entfernung von der Sonne.
- Merkur ist der am schnellsten kreisende aller Planeten: Seine Umlaufzeit beträgt nur rund 88 Tage.
- Merkur braucht für eine Umdrehung 58,6 Tage. Damit dauert ein Merkurtag 59 Mal länger als ein Erdtag.
- Die Temperaturen auf dem Merkur schwanken zwischen -180 °C in der Nacht und über 450 °C am Tag (heiß genug, um Blei zu schmelzen).
- Kruste und Mantel bestehen vorwiegend aus Gestein, aber der Kern (75% des Durchmessers) ist aus solidem Eisen.

▲ *Der Merkur ist ein winziger Planet mit einer dünnen Atmosphäre und einem festen Kern.*

- Die staubige Oberfläche des Merkur ist von Einschlagkratern zernarbt.
- Mit kaum 20% der Erdmasse ist der Merkur so klein, dass seine Schwerkraft nur eine sehr dünne Atmosphäre aus Natriumdampf halten kann.
- Der Merkur ist so klein, dass sein Kern (anders als der Erdkern) abgekühlt und fest geworden ist. Als dies geschah, schrumpfte der Merkur und die Oberfläche wurde faltig wie die Schale eines alten Apfels.
- Die von der Sonde Mariner entdeckten Krater haben Namen wie Bach, Beethoven, Wagner, Shakespeare und Tolstoi erhalten.

Das größte Gebilde auf der Oberfläche des Merkur ist ein riesiger Einschlagkrater namens Caloris-Becken, der etwa 1.300 m groß und 2 km tief ist.

Die Oberfläche des Merkur ist mit Einschlagkratern übersät.

Die meisten Krater entstanden durch Trümmer, die aus der Zeit der Geburt des Sonnensystems vor etwa vier Milliarden Jahren stammen.

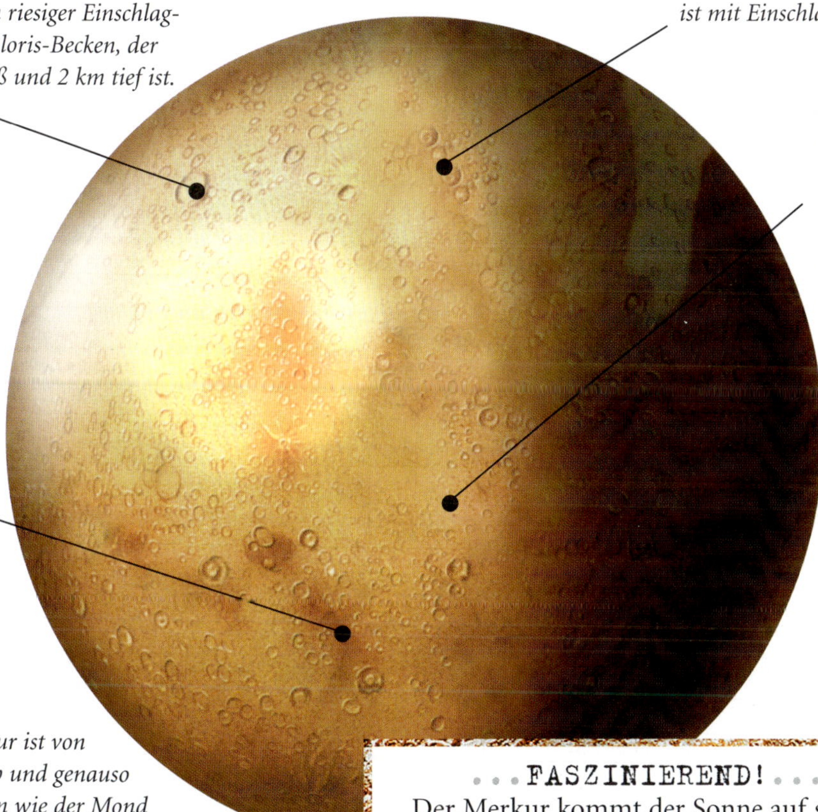

Die Oberfläche ist von langen, flachen Bergketten überzogen, die sich wahrscheinlich bei der Abkühlung und Schrumpfung bildeten.

▶ *Der Merkur ist von gelbem Staub und genauso tiefen Kratern wie der Mond bedeckt. Er besitzt kleine polare Eiskappen, die aber aus reiner Säure bestehen.*

...FASZINIEREND!...

Der Merkur kommt der Sonne auf seiner Bahn zwei Mal sehr nahe und beschleunigt dabei so stark, dass die Sonne am Himmel rückwärts zu fliegen scheint.

Die Venus

- Die Venus ist von der Sonne aus gesehen der zweite Planet – ihre Sonnenentfernung schwankt zwischen 107,4 und 109 Millionen km.
- Die Venus leuchtet wie ein Stern am Nachthimmel, weil ihre dichte Atmosphäre das Sonnenlicht erstaunlich gut reflektiert. Sie ist nach Sonne und Mond das hellste Objekt am Erdhimmel.
- Die Venus wird auch der Abendstern genannt, weil sie direkt nach dem Sonnenuntergang am Himmel zu sehen ist. Sie ist aber auch vor Sonnenaufgang auszumachen. Beides liegt an ihrer Bahnnähe zur Sonne.
- Die trübe Atmosphäre der Venus ist eine dichte Mischung aus Kohlendioxidgas und Schwefelsäure.
- Mit einer Oberflächentemperatur von über 460 °C ist die Venus der heißeste Planet im Sonnensystem.
- Die Venus ist so heiß, weil das Kohlendioxid in der Atmosphäre die Sonnenwärme wie die Scheiben eines Treibhauses festhält. Deshalb heißt diese Überhitzung Treibhauseffekt.
- Die dicken Wolken bedecken die Oberfläche der Venus so dicht, dass man früher glaubte, es gäbe Dschungel darunter, bis Raumsonden dann die hohen Temperaturen entdeckten.

▲ *Die Ansicht des 6 km hohen Vulkans Maat Mons auf der Venusoberfläche. Das Bild ist kein richtiges Foto, sondern wurde vom Computer aus Radar-Daten der Sonde Magellan berechnet, die die Venus in den 1990ern umkreiste. Die Farben beruhen auf Annahmen von Astronomen über die Atmosphärenchemie der Venus.*

- Der Venustag (die Zeit, in der sie sich ein Mal um sich selbst dreht) dauert 243 Erdtage – länger als das Venusjahr, das 224,7 Erdtage dauert. Da die Venus aber rückwärts rotiert, geht die Sonne zwei Mal während eines Umlaufs auf: ein Mal alle 116,8 Tage.
- Die Venus kommt der Erde in der Größe mit einem Durchmesser von 12.104 km von allen Planeten am nächsten.

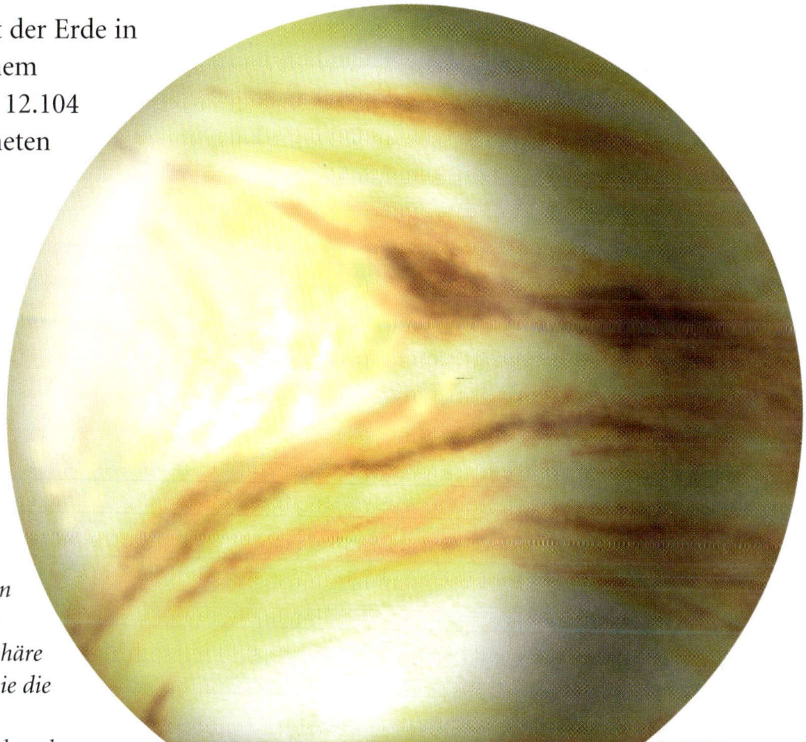

▶ *Die dicken Wolken aus Kohlendioxid und Schwefelsäure reflektieren das Sonnenlicht und lassen die Venus wie einen Stern leuchten, aber die Atmosphäre ist nicht so durchsichtig wie die der Erde. Dies macht eine Beobachtung der Oberfläche sehr schwierig.*

...FASZINIEREND!...
Der Oberflächendruck ist auf der Venus 90 Mal höher als auf der Erde!

Der Mars

- Der Mars ist nach der Venus der Erde am nächsten und der einzige Planet, der sowohl eine Atmosphäre als auch eine Tagestemperatur ähnlich der unseren hat.
- Man nennt den Mars wegen seiner rostroten Färbung auch den Roten Planeten. Die Farbe kommt von oxidiertem (verrostetem) Eisen in seiner Kruste.
- Der Mars ist der vierte Planet von der Sonne, die er in einer durchschnittlichen Entfernung von 227,9 Millionen km umkreist. Er braucht 687 Tage für einen Umlauf.
- Der Mars hat einen Durchmesser von 6.794 km und dreht sich alle 24,62 Stunden ein Mal um sich selbst – ähnlich wie die Erde.
- Der Marsvulkan Olympus Mons ist der größte Vulkan im Sonnensystem. Er ist so groß wie Irland und drei Mal so hoch wie der Mount Everest.
- In den 1880ern glaubte der amerikanische Astronom Percival Lowell, dass die dunklen Linien auf der Marsoberfläche von Marsianern gegrabene Kanäle seien.
- Die Viking-Sonden fanden keinen Hinweis für Leben auf dem Mars, aber die Entdeckung des möglichen Fossils eines Mikroorganismus in einem Marsstein (siehe: Das Leben, Seite 20) nährte weitere Spekulationen. Künftige Mars-Missionen werden unterirdisch nach Spuren von Leben suchen.
- Es häufen sich Hinweise, dass der Mars früher wärmer und feuchter war, aber die Wissenschaftler wissen nicht, wie viel Wasser es gab und warum es ausgetrocknet ist.

▲ *Das Tal Vallis Marineris auf dem Mars – so groß, dass der Grand Canyon dagegen winzig wirkt.*

- Der Mars besitzt zwei winzige Monde. Phobos ist dort 27 km groß, während Deimos mit nur 15 km Durchmesser eine so geringe Schwerkraft hat, dass man dort schon mit einem Fahrrad und einer Rampe ins All starten könnte!

▶ *Der Mars ist neben der Erde der bekannteste Planet. Er wurde öfter mit Teleskopen studiert, von Sonden untersucht und von Landefahrzeugen besucht als jeder andere Planet. Dabei hat er sich als ein Planet mit einer felsigen, roten Wüste als Oberfläche herausgestellt. Es gibt jedoch Hinweise, dass dies nicht immer so war.*

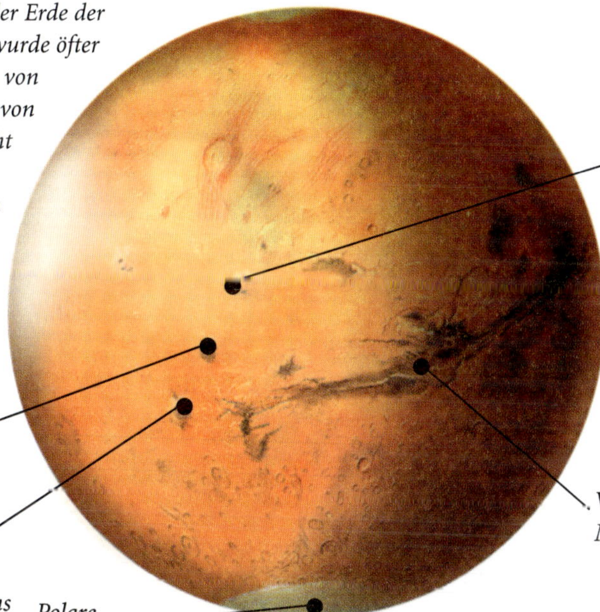

...FASZINIEREND!...

Die Mission Mars Pathfinder zeigte 1997, dass viele Felsen auf der Marsoberfläche vor zwei Milliarden Jahren von einer riesigen Flut verstreut wurden.

Marslandung

- In den 1970er-Jahren erreichten sowohl die amerikanischen Sonden Viking 1 und 2 als auch die russischen Mars 3 und 5 die Marsoberfläche.
- Mars 3 war am 2. Dezember 1971 die erste Sonde, der eine sanfte Landung gelang. Sie sendete 20 Sekunden lang Daten und verstummte dann unerwartet.
- Viking 1 sendete am 26. Juli 1976 die ersten Farbfotos vom Mars.
- Das Ziel der Viking-Missionen war die Suche nach Anzeichen für Leben, es gab jedoch keine. Aber auch so lieferten die Sonden reichlich Informationen über Geologie und Atmosphäre des Mars.
- Am 4. Juli 1997 erreichte die amerikanische Sonde Mars Pathfinder den Planeten und begann sofort, „Live"-Bilder von der Oberfläche zu senden.
- Mars Pathfinder verwendete Airbags, um seine Landung auf der Oberfläche abzudämpfen.
- Zwei Tage nach der Landung setzte Pathfinder das Roboterfahrzeug Sojourner aus, das die Umgebung erkundete.
- Der Sojourner zeigte eine von Felsen übersäte Ebene, die aussieht, als wäre sie einst geflutet gewesen.
- Pathfinder und Sojourner arbeiteten 83 Tage und sendeten mehr als 16.000 Fotos.
- Nach 2010 könnte eine der Marssonden auch wieder vom Roten Planeten zurückkommen.

▶ *Die Mars Pathfinder-Mission lieferte viele großartige Bilder vom Roten Planeten. Ein Großteil stammte von den Ausflügen des Sojourner.*

Der Jupiter

- Der Jupiter ist der größte Planet des Sonnensystems – er ist zwei Mal so schwer wie alle anderen Planeten zusammen.
- Der Jupiter hat keine Oberfläche, auf der man landen könnte, da er vorwiegend aus Heliumgas und Wasserstoff besteht. Die gewaltige Anziehungskraft presst den Wasserstoff zu stark zusammen, dass er flüssig wird.
- Näher zum Planetenkern hin ist der Druck so hoch, dass der Wasserstoff zu solidem Metall wird.
- Die alten Griechen nannten den Planeten ursprünglich Zeus, nach ihrem Göttervater. Jupiter ist der römische Name für Zeus.
- Der Jupiter rotiert in weniger als zehn Stunden um sich selbst, so dass sich seine Oberfläche mit fast 50.000 km/h bewegt.
- Die schnelle Rotation führt zu einer Auswölbung der Mitte. Außerdem entsteht durch die Reibung am Metallkern des Planeten ein gewaltiges Magnetfeld (siehe: Magnetismus, Seite 188), das zehn Mal stärker ist als das der Erde.
- Der Jupiter hat einen Großen Roten Fleck – einen Wirbel aus roten Wolken mit mehr als 40.000 km Durchmesser. Der Wissenschaftler Robert Hooke entdeckte ihn erstmalig 1644.
- Die vier größten Jupitermonde wurden im 17. Jahrhundert von Galileo Galilei entdeckt (siehe: Die Galilei'schen Jupitermonde, Seite 104). Ihre Namen sind Io, Europa, Callisto und Ganymed.
- Daneben hat der Jupiter 35 kleinere Monde: Metis, Adastrea, Amalthea, Thebe, Leda, Himalia, Lysithea, Elara, Ananke, Carme, Pasiphae, Sinope sowie 23 neuere Entdeckungen.
- Der Jupiter ist so riesig, dass ihn der Druck in seinem Zentrum schwach mit unsichtbaren Infrarotstrahlen glühen lässt. Er glüht tatsächlich so hell wie vier Millionen 100-Watt Glühbirnen. Er ist allerdings nicht groß genug für Kernreaktionen, die ihn zur Sonne machen würden.

▼ *Mit 142.796 km Durchmesser ist der Jupiter gigantisch. Seine Umlaufbahn schwankt zwischen 740,9 und 815,7 Millionen km Entfernung von der Sonne und er braucht 11,87 Jahre für eine Umrundung. Auf seiner Oberfläche toben gewaltige Gewitter und die Temperaturen fallen bis auf -150 °C. Von außen kann man nur eine wirbelnde Masse aus roten, braunen und gelben Ammoniakwolken sowie den Großen Roten Fleck sehen.*

...FASZINIEREND!...
Die Raumsonde Galileo erreichte 1995 Jupiter und seine Monde.

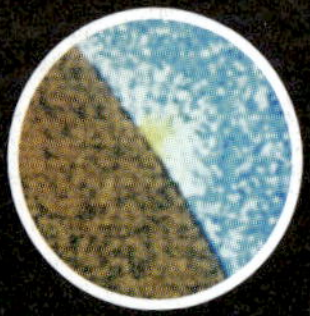

Die Galilei'schen Jupitermonde

- Die Galilei'schen Monde sind die vier größten Jupitermonde. Galileo Galilei entdeckte sie schon Jahrhunderte, bevor Astronomen die anderen, kleineren identifizierten.
- Ganymed ist der größte der Galilei'schen Monde: Mit einem Durchmesser von 5.270 km ist er größer als der Planet Merkur.
- Ganymed sieht solide aus, aber unter seiner Eisschale liegen 900 km matschiges, halb geschmolzenes Eis und Wasser.

Io

Europa

- Callisto ist mit 4.840 km der zweitgrößte Mond.
- Callisto ist mit Einschlagkratern aus der Frühzeit des Sonnensystems überzogen.
- Io ist mit 3.640 km Durchmesser der drittgrößte Mond.
- Weil ihn die gewaltige Anziehungskraft des Jupiter ständig streckt und presst, ist Io voller Vulkane.
- Der mit 3.130 km kleinste der Galilei'schen Monde ist Europa.
- Europa ist von Eis bedeckt und sieht aus der Ferne wie eine glänzende, honigfarbene Billardkugel aus. Von nahem aber zeigen sich zahllose Risse in seiner Oberfläche.

◀ *Der gelbe Glanz Ios kommt von den Vulkanen, die bis zu 300 km hohe Schwefelfontänen speien.*

Ganymed

Callisto

... FASZINIEREND! ...

Durch den riesigen Krater Walhalla wirkt der Mond Callisto wie ein großer Augapfel.

Der Saturn

- Der Saturn ist der zweitgrößte Planet im Sonnensystem. Er hat ein 762 Mal größeres Volumen als die Erde und besitzt einen Äquatordurchmesser von 120.000 km.
- Der Saturn braucht 29,6 Jahre für eine Umrundung der Sonne, von der er durchschnittlich 1.432 Millionen km entfernt ist.
- Um den Äquator des Saturn toben unablässig Stürme mit Windgeschwindigkeiten von bis zu 1.800 km/h, viele Male stärker als jeder Wirbelsturm auf der Erde.
- Der Saturn ist nach dem antiken römischen Gott der Saat und der Ernte, Saturn, benannt, der mit den wilden winterlichen Saturnalien gefeiert wurde.
- Der Saturn besteht fast zur Gänze aus Wasserstoff- und Heliumgas. Nur im sehr kleinen Planetenkern findet sich Felsgestein.
- Dank seiner Größe ist der Druck im Inneren des Saturn so hoch, dass der Wasserstoff fest wird. Darum ist der Felskern auch von einer Schicht metallischen Wasserstoffs umgeben.
- Saturn ist einer der am schnellsten rotierenden Planeten: Trotz seiner Größe dreht er sich in nur 10,2 Stunden ein Mal um sich selbst. Er rotiert also mit rund 37.000 km/h.

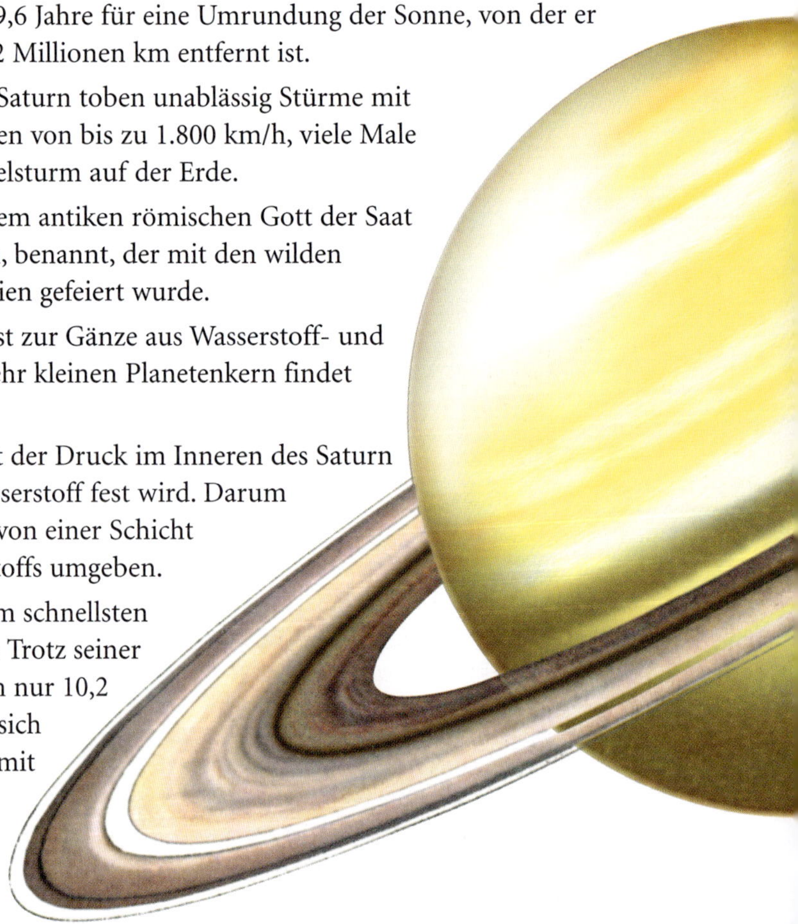

Die Saturnringe bestehen aus vielen Millionen eisüberzogenen Felssplittern.

- Die Saturnoberfläche erscheint fast völlig glatt, aber Voyager 1 und 2 fotografierten im Vorbeiflug einige kleine Stürme.
- Der Saturn besitzt ein sehr starkes Magnetfeld (siehe: Magnetismus, Seite 188) und strahlt starke Radiowellen ab.

◀ *Der Saturn ist die Königin der Planeten. Fast so groß wie der Jupiter und fast vollständig aus flüssigem Wasserstoff und Helium bestehend, ist er mit seiner glatten, blassgelben Oberfläche und seinen schimmernden Ringen hinreißend schön. Er verbirgt aber seine Geheimnisse sehr gut. Teleskope konnten seine Wolken-oberfläche nie durchdringen und die Voyager-Sonden konzentrierten sich auf die Ringe und die Monde. Dies kann sich aber mit der 1997 gestarteten Cassini-Sonde ändern, wenn sie schließlich in die Atmosphäre eindringt.*

...FASZINIEREND!...
Der Saturn hat eine so geringe Dichte, dass er in einem ausreichend großen Wasserbecken schwimmen könnte.

Die Saturnringe

- Die Saturnringe bestehen aus mehreren schmalen Ringen aus Eis, Staub und Felssplittern, die um den Äquator des Planeten kreisen.
- Die Ringe glitzern, weil das Eis das Sonnenlicht reflektiert.
- Die Ringe könnten von einem einstmaligen Mond stammen, der vom Schwerefeld des Saturn zerrissen wurde.
- Galileo Galilei war der Erste, der 1610 die Ringe entdeckte, aber erst der Niederländer Christiaan Huygens (1629–1695) stellte 1656 fest, dass es Ringe sind.
- Es gibt zwei Hauptgruppen von Ringen: den A- und den B-Ring.
- A- und B-Ring sind durch einen „Cassini'sche Teilung" genannten Spalt getrennt. Der italienische Astronom Giovanni Cassini (1625–1712) entdeckte ihn 1675.

▲ *Die Saturnringe sind eines der Wunder des Sonnensystems. Viele Menschen halten den Saturn deshalb für den schönsten Planeten.*

- Ein dritter großer Ring, der C- oder Kreppring, wurde 1850 nahe dem Planeten entdeckt.
- In den 1980ern zeigten Raumsonden viele weitere Ringe, von denen einige nur zehn Meter breit sind.
- Die Ringe heißen (von innen nach außen): D, C, B, Cassini'sche Teilung, A, F, G und E. Der A-Ring besitzt einen eigenen Spalt namens Encke'scheTeilung.

▼ *Von nahem sieht man, dass die Saturnringe aus Staub, Felsbrocken und im Sonnenlicht glitzerndem Eis bestehen.*

FASZINIEREND!
Die Saturnringe haben einen Durchmesser von mehreren 100.000 km, sind aber nur höchstens 400 m dick.

Der Uranus

- Der Uranus ist von der Sonne aus der siebte Planet. Seine Umlaufbahn ist im Mittel 2.884 Millionen km von der Sonne entfernt und ein Umlauf dauert 84,7 Jahre.
- Die Drehachse des Uranus ist mit 98° so stark geneigt, dass er wie eine Bowlingkugel um die Sonne zu rollen scheint. Diese starke Neigung könnte von einer frühen Kollision mit einem riesigen Meteoriten- oder Kometenscharm oder einem anderen Planeten herrühren.
- Im Sommer geht die Sonne auf dem Uranus 20 Jahre lang nicht unter. Im Winter bleibt es 20 Jahre lang dunkel. Im Herbst geht die Sonne alle neun Stunden auf und unter.
- Der Uranus hat 21 Monde, die alle nach Figuren aus Shakespeare-Stücken benannt sind. Es gibt fünf große Monde: Miranda, Ariel, Umbriel, Titania und Oberon. Zehn kleinere wurden 1986 von der Raumsonde Voyager 2 entdeckt.
- Der Uranusmond Miranda ist der verrückteste von allen. Er scheint gesprengt worden zu sein und sich selbst wieder zusammengesetzt zu haben!
- Weil der Uranus so weit von der Sonne entfernt ist, ist er sehr, sehr kalt mit Oberflächentemperaturen von bis zu -210 °C. Das Sonnenlicht braucht nur acht Minuten bis zur Erde, aber 2,7 Stunden bis zum Uranus.
- Die eisige Atmosphäre des Uranus besteht aus Wasserstoff und Helium. Die Winde erreichen Geschwindigkeiten von bis zu 2.000 km/h.

Uranus hat sehr schwach leuchtende Ringe

- Die Oberfläche des Uranus ist ein tausende Kilometer tiefes, eiskaltes Meer aus flüssigem Methan, das dem Planeten seine schöne Farbe gibt. Fiele man nur für einen Sekundenbruchteil in dieses Meer, würde man so hart gefrieren, dass man wie Glas zersplitterte.
- Der Uranus ist von der Erde nur schwach zu sehen. Durch ein Teleskop wirkt er nicht größer als ein Stern, und so wurde er erst 1781 entdeckt (siehe: Herschel).
- Der Uranus wurde nach Uranos benannt, dem antiken griechischen Gott des Himmels.

◀ *Uranus ist der drittgrößte Planet im Sonnensystem. Er hat einen Durchmesser von 52.400 km und 14,56 Mal mehr Masse als die Erde. Der Planet rotiert ein Mal alle 17,25 Stunden, da er aber fast auf der Seite liegt, hat dies keinen Einfluss auf die Tageslänge. Die hängt stattdessen davon ab, wo sich der Planet auf seiner Umlaufbahn um die Sonne befindet. Wie der Saturn hat auch der Uranus Ringe, die aber viel dünner sind und erst 1977 entdeckt wurden. Sie bestehen aus dem dunkelsten Material im Sonnensystem.*

...FASZINIEREND!...
Im Frühjahr geht die Sonne auf Uranus alle neun Stunden unter – rückwärts!

Der Neptun

- Der Neptun ist von der Sonne aus der achte Planet und umkreist diese in einer Entfernung zwischen 4.456 und 4.537 Millionen km.
- Der Neptun wurde 1846 entdeckt, weil zwei Mathematiker, John Couch Adams in England und Urbain Leverrier in Frankreich, anhand der Auswirkung seiner Schwerkraft auf die Bewegung des Uranus ausrechneten, dass er da sein muss.
- Der Neptun ist so weit von der Sonne entfernt, dass ein Umlauf 165,5 Jahre dauert. Er hat also seit seiner Entdeckung 1846 noch nicht mal einen Umlauf vollendet.
- Wie der Uranus hat der Neptun eine Oberfläche aus eiskaltem flüssigem Methan (-210 °C) und eine Atmosphäre aus Wasserstoff und Helium.
- Anders als der Uranus, der fast vollständig blau ist, hat der Neptun weiße Wolken, die durch die Hitze in seinem Inneren entstehen.
- Der Neptun hat mit bis zu 1.100 km/h Geschwindigkeit mit die stärksten Winde im Sonnensystem.
- Der Neptun hat acht Monde, die nach Figuren der griechischen Mythologie benannt sind: Naiad, Thalassa, Despina, Galatea, Larissa, Proteus, Triton und Nereid.
- Der Neptunmond Triton sieht aus wie eine grüne Melone, während die Eiskappen aus gefrorenem Stickstoff wie rosa Eiscreme wirken. Er besitzt auch Vulkane, die Eisfontänen speien.
- Der Triton ist der einzige Mond, der rückwärts kreist.

▲ *Dieses Foto von Neptun wurde 1989 von Voyager 2 gemacht. Der Große Dunkle Fleck, den Astronomen Scooter nennen, und die umgebenden weißen Methanwolken sind deutlich zu erkennen.*

▼ *Neptun ist der viertgrößte Planet. Mit einem Durchmesser von 48.600 km ist er etwas kleiner als der Uranus – aber er ist etwas schwerer. Wie beim Uranus lassen ihn seine Meere aus unglaublich kaltem flüssigem Methan wunderschön blau strahlen, aber der Uranus hat ein tieferes Blau als der Neptun. Wie der Uranus hat der Neptun dünne Ringe, die aber nicht im rechten Winkel zur Sonne stehen, sondern auf einer Ebene mit ihr liegen. Neptun hat einen Großen Dunklen Fleck, wie der Große Rote Fleck Jupiters, der durch Stürme entsteht.*

...FASZINIEREND!...

Der Neptunmond Triton ist mit Temperaturen von -236 °C der kälteste Ort im Sonnensystem.

Der Pluto

- Der Pluto wurde als letzter der Planeten entdeckt, und zwar nur, weil er eine schwache Auswirkung auf die Bahnen von Neptun und Uranus hat.
- Der Pluto ist mit 4.730 bis 7.375 Millionen km Entfernung von der Sonne der am weitesten außen liegende Planet.
- Die Sonne ist so weit vom Pluto entfernt, dass sie an seinem Himmel nicht größer wirkt als ein Stern am Erdhimmel und nicht heller strahlt als der Mond bei uns.
- Pluto ist so weit von der Sonne entfernt, dass er 247,7 Jahre für eine Umrundung braucht. Ein Tag auf dem Pluto dauert aber nur etwas kürzer als eine Erdwoche.
- Der Pluto hat eine seltsame elliptische (ovale) Umlaufbahn, die ihn alle paar Jahrhunderte für mehrere Jahre näher zur Sonne bringt als Neptun.
- Anders als die anderen Planeten, die alle auf ungefähr der gleichen Ebene wie die Erde kreisen, hat der Pluto eine stark geneigte Bahn.
- Während er 1978 ein Foto von Pluto studierte, bemerkte der amerikanische Astronom James Christy eine Beule, die sich aber dann als großer Mond herausstellte, den man Charon nannte.
- Charon ist etwa halb so groß wie Pluto und beide kreisen immer im selben Abstand umeinander.
- Charon steht am Plutohimmel immer an derselben Stelle und wirkt dort drei Mal größer als unser Mond.

▲ *Im Vergleich zur Erde ist der Pluto winzig, weshalb er so schwer zu finden war. Die Erde ist 5,6 Mal größer und 400 Mal so schwer. Die Illustration zeigt die Größenverhältnisse zwischen Erde und Pluto.*

- Anders als die anderen äußeren Planeten besteht der Pluto aus Felsgestein. Der Fels ist aber von Wasser, Eis und einer dünnen gefrorenen Methanschicht bedeckt.

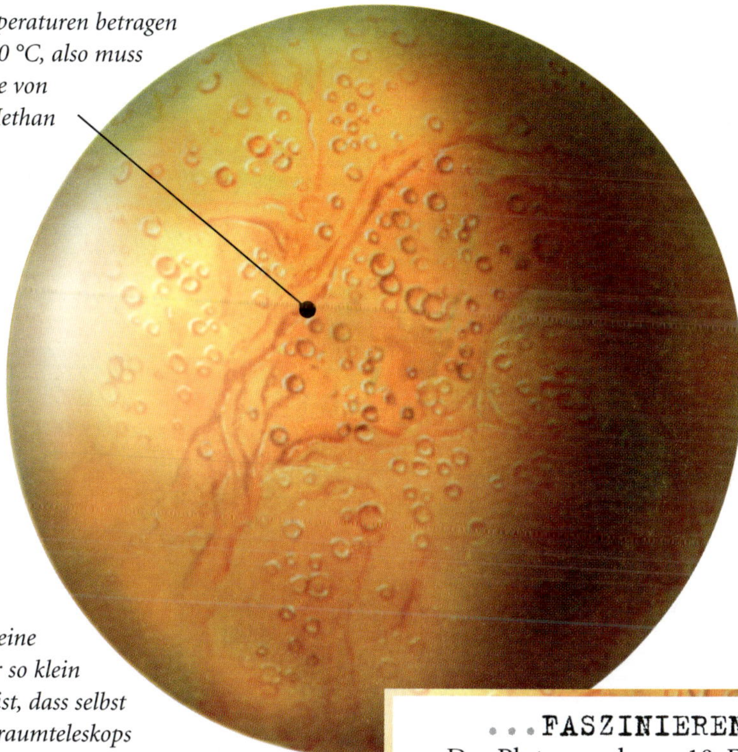

Die Tagestemperaturen betragen höchstens -220 °C, also muss die Oberfläche von gefrorenem Methan bedeckt sein.

▶ *Dieses Bild von Pluto ist reine Fantasie, da er so klein und weit weg ist, dass selbst Fotos des Weltraumteleskops Hubble keine Details der Oberfläche zeigen. Das Blinken der umgebenden Sterne deutet aber darauf hin, dass der Pluto eine Atmosphäre haben muss.*

...**FASZINIEREND!**...
Der Pluto wurde am 18. Februar 1930 von dem jungen amerikanischen Astronomen Clyde Tombaugh entdeckt.

Sterne

- Sterne sind Kugeln aus Wasserstoff und Helium.
- Kernreaktionen im Inneren der Sterne erzeugen, ähnlich wie bei Atombomben, Hitze und Licht.
- Das Innere eines Sterns erreicht 16 Millionen °C. Ein so heißes Sandkorn könnte einen Menschen noch in 150 km Entfernung töten.
- Das Gas der Sterne befindet sich in einem besonderen, Plasma genannten Zustand, bei dem seine Atome ihrer Elektronen beraubt sind.
- Im Herzen eines Sterns fusionieren (verschmelzen) Wasserstoffkerne zu Helium. Diese Kernreaktion wird Proton-Proton-Prozess genannt.
- Die Sterne blinken, weil wir sie durch die flimmernde Erdatmosphäre betrachten.
- Astronomen berechnen die Größe eines Sterns aus seiner Helligkeit und Temperatur.
- Größe und Helligkeit eines Sterns hängen von seiner Masse ab – das heißt, aus wie viel Gas er besteht. Unsere Sonne ist ein mittelgroßer Stern und kein Stern hat mehr als das 100fache oder weniger als 6% bis 7% der Sonnenmasse.
- Die kühlsten Sterne, wie Arkturus und Antares, glühen am rotesten. Heißere Sterne sind gelb und weiß. Die heißesten sind blau-weiß wie Rigel und Zeta-Pupis.
- Der blaue Überriese Zeta Pupis hat eine Oberflächentemperatur von 40.000 °C, während Rigel nur 10.000 °C heiß ist.

▲ *Die Tausenden mit bloßem Auge sichtbaren Sterne sind nur ein winziger Bruchteil der Billiarden Sterne im Universum.*

▲ *Ein Schwarm oder großer Sternhaufen namens M 80 (NGc 6093). Er ist 28.000 Lichtjahre von der Erde entfernt und enthält hunderttausende Sterne, die sich mit ihrer Schwerkraft gegenseitig anziehen.*

Sternkarten

- Es ist schwierig, die Positionen der Sterne zu kartografieren, weil es so viele von ihnen gibt und sie so weit entfernt sind.
- Die ersten modernen Sternkarten waren die der Bonner Durchmusterung (BD) von 1859, die die Positionen von 324.198 Sternen zeigen.
- Der Katalog AGK1 der Deutschen Astronomischen Gesellschaft wurde 1912 fertig gestellt und zeigte 454.000 Sterne.
- Der Katalog hat nun die Version AGK3, beruht auf Fotografien und gilt immer noch als Standardwerk.
- Die exakte Positionsbestimmung einer riesigen Anzahl von Sternen hängt von der sorgfältigen Bestimmung der 1.535 Sterne des Fundamentalkatalogs (FK) ab.
- Fotometrische Kataloge kartographieren die Sterne sowohl nach Größe und Farbe als auch nach ihrer Position.
- Fotografische Atlanten geben keine Positionswerte an, sondern zeigen Fotos der Sterne an ihrer Position.
- Astronomen verwenden drei Hauptatlanten: Norton's Star Atlas, der alle mit dem bloßen Auge sichtbaren Sterne aufführt, den Tirio-Himmelsatlas und den Fotographischen Sternatlas.

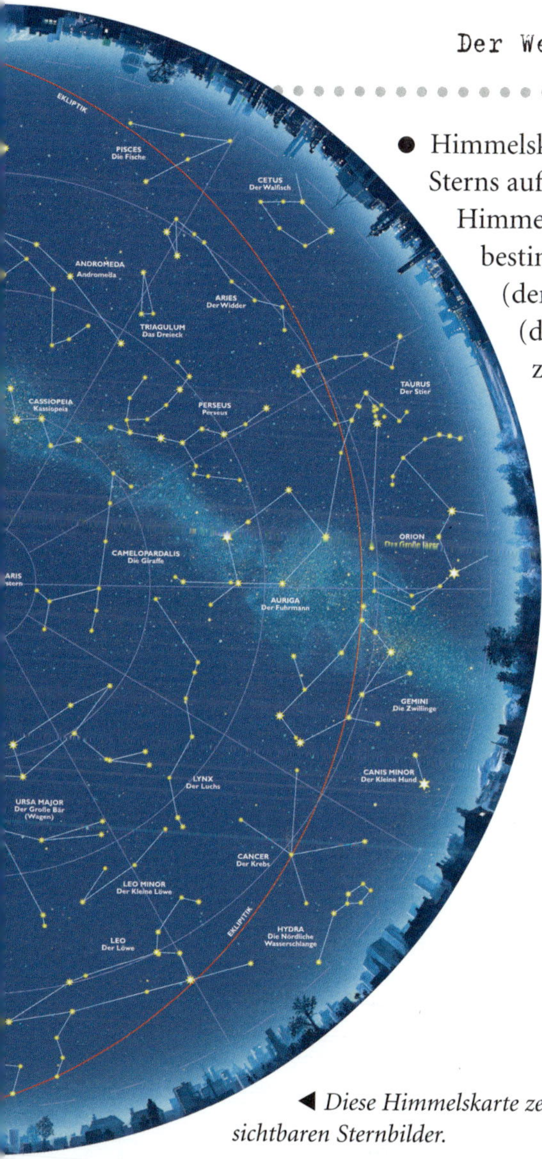

- Himmelskoordinaten sind Zahlen, welche die Position eines Sterns auf einer kugelförmigen Darstellung zeigen (siehe: Die Himmelskugel, Seite 154). Die Altazimut-Koordinaten bestimmen die Position eines Sterns nach seiner Höhe (dem Winkel über dem Horizont) und seinem Azimut (dem Winkel im Uhrzeigersinn entlang des Horizonts, beginnend im Norden). Das ekliptische System funktioniert genau so, verwendet aber die Ekliptik statt des Horizonts als Ausgangspunkt. Das äquatoriale System nutzt den Himmelsäquator und gibt Werte an, die Rektaszension und Deklination genannt werden, entsprechend den Längen- und Breitengraden der Erde.

... FASZINIEREND! ...

Die Sternbilder waren im 2. Jahrtausend v. Chr. die Grundlage für die ersten Sternkarten. Selbst heute noch unterteilen Astronomen den Himmel in 88 weltweit bekannte Sternbilder – auch wenn die Namen vieler Konstellationen noch aus den Mythen alter Griechen stammen.

◀ *Diese Himmelskarte zeigt die im Dezember auf der nördlichen Hemisphäre sichtbaren Sternbilder.*

Sternbilder

- Sternbilder oder Konstellationen sind Anordnungen von Sternen, die Astronomen helfen, einzelne Sterne am Himmel zu finden.
- Viele Sternbilder wurden schon vor langer Zeit im alten Babylon und Ägypten festgelegt.
- Sternbilder sind lediglich vom Menschen festgelegte Zuordnungen – die Sterne selbst haben keinerlei Verbindung miteinander.
- Die Astronomen kennen heute 88 Sternbilder.
- Helden und Geschöpfe der griechischen Mythologie wie Orion, der Jäger, und Perseus gaben vielen Sternbildern ihren Namen, allerdings verwendet man heute die lateinische Schreibweise und nicht mehr die griechische.
- Die Sterne jeder Konstellation werden mit einem Buchstaben des griechischen Alphabets bezeichnet.

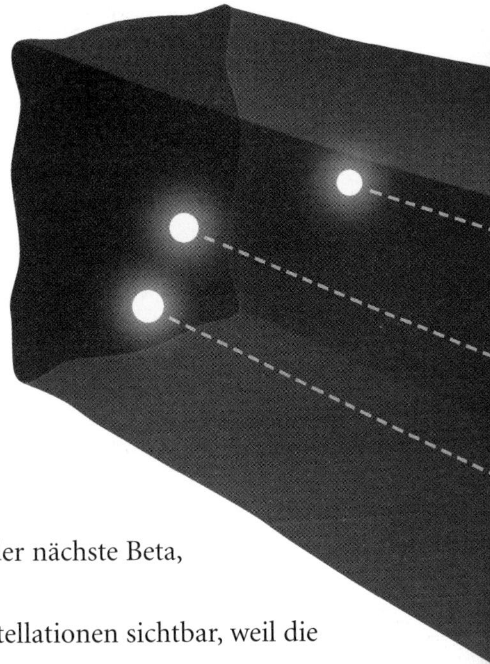

- Der hellste Stern jedes Sternbilds heißt Alpha, der nächste Beta, und so weiter.
- Im Jahresverlauf werden unterschiedliche Konstellationen sichtbar, weil die Erde um die Sonne kreist.
- Die Sternbilder auf der Südhalbkugel unterscheiden sich von denen der Nordhalbkugel.
- Das Sternbild des Großen Bären – lateinisch Ursa Major genannt – enthält eine leicht zu erkennende Anordnung von sieben Sternen, die Großer Wagen genannt wird.

Das gleiche Muster von der Seite gesehen.

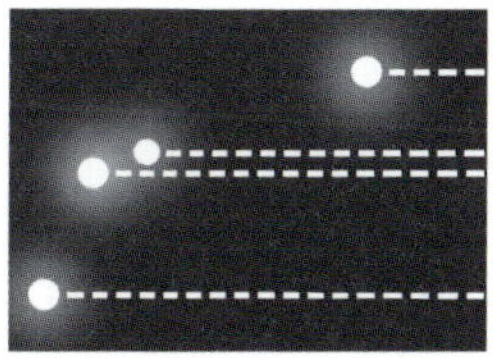

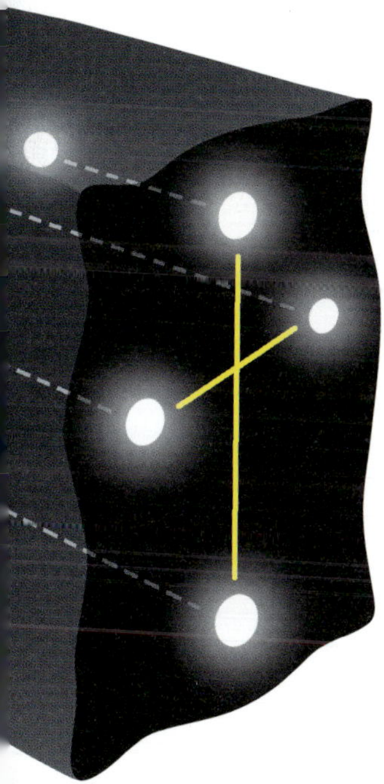

Der Pfeil zeigt die Blickrichtung von der Erde.

▲ Von der Erde aus scheinen alle Sterne einer Konstellation gleich weit weg. Tatsächlich sind sie aber im Raum unterschiedlich tief verteilt. Die Zeichnung zeigt die relativen Entfernungen der Sterne im Kreuz des Südens.

▲ Sternbilder sind Anordnungen von Sternen. Durch sie können Astronomen Sterne am Nachthimmel wiederfinden.

Der Tierkreis

- Der Tierkreis ist ein Band von Sternbildern, das die Sonne scheinbar im Jahresverlauf durchwandert. Er liegt auf der Ekliptik.
- Die Ekliptik ist die Ebene, auf der die Erde um die Sonne kreist. Bis auf den Pluto liegen alle Planeten und der Mond auf dieser Ebene.
- Die alten Griechen unterteilten den Tierkreis in zwölf Abschnitte, die sie nach den Sternbildern benannten, die darin lagen, den Tierkreiszeichen.
- Die zwölf Sternbilder des Tierkreises sind: Aries (Widder), Taurus (Stier), Gemini (Zwillinge), Cancer (Krebs), Leo (Löwe), Virgo (Jungfrau), Libra (Waage), Scorpio (Skorpion), Sagittarius (Schütze), Capricorn (Steinbock), Aquarius (Wassermann) und Pisces (Fische).
- Astrologen sind Menschen, die glauben, dass die Bewegungen von Sternen und Planeten einen Einfluss auf das Leben des Menschen haben. Sie sind keine Wissenschaftler.
- Für Astrologen sind alle Sternbilder des Tierkreises gleich groß. Für die Astronomen sind sie es nicht.

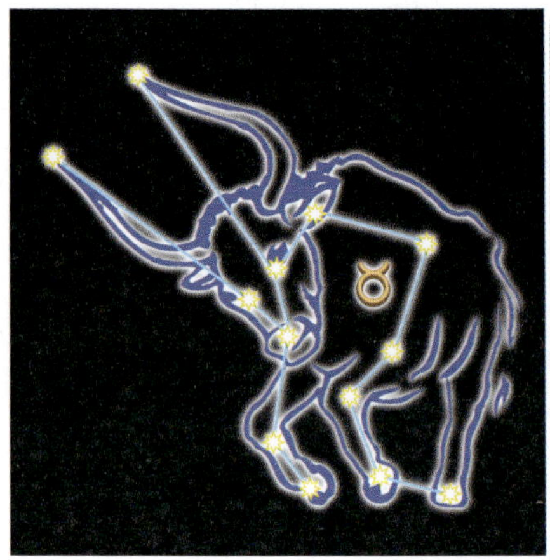

▲ *Taurus, der Stier*

- Die Erdachse hat sich seit der Antike leicht geneigt, so dass die Sternbilder nicht mehr dem Tierkreis entsprechen.
- Heute liegt eine 13. Konstellation (Ophiuchus; Schlangenträger) im Tierkreis, aber die Astrologen ignorieren sie einfach.
- Die Daten, an denen die Sonne durch die Sternbilder wandert, stimmen nicht mehr mit den Daten überein, welche die Astrologen benutzen.

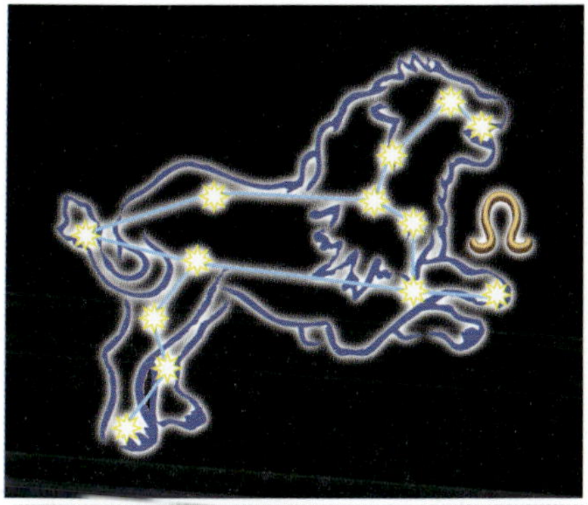

◀ *Leo, der Löwe*

▼ *Libra, die Waage*

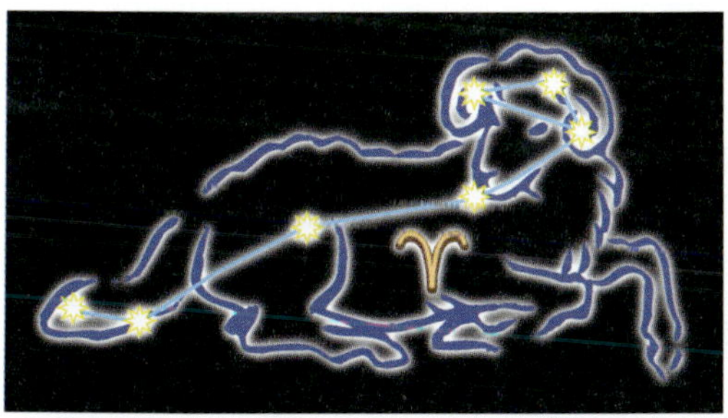

◀ *Aries, der Widder*

▲ *Die Tierkreiszeichen sind fiktive Symbole, die von den Astronomen der Antike bestimmten Sternbildern zugeordnet wurden.*

FASZINIEREND!

Manche glauben, dass die Stellung der Tierkreissterne unser Verhalten bestimme.

Galaxien

- Galaxien sind gigantische Ansammlungen von Sternen. Unsere eigene Galaxie heißt Milchstraße.
- Wahrscheinlich gibt es 125 Milliarden Galaxien im Universum.
- Außer der Milchstraße sind mit bloßem Auge nur drei Galaxien von der Erde aus zu sehen: die Große und die Kleine Magellansche Wolke sowie die Andromeda-Galaxie.
- Obwohl die Galaxien riesig groß sind, sind sie doch so weit weg, dass sie wie unscharfe Wolken aussehen. Erst 1916 stellten Astronomen fest, dass es sich um riesige Sternengruppen handelt.
- Spiralgalaxien sind rotierende Galaxien mit einem dichten Zentrum und gekrümmten Armen.
- Balkenspiral-Galaxien haben nur zwei Arme. Sie reichen vom Zentrum nach außen wie Wasser aus einem rotierenden Gartensprinkler.
- Elliptische Galaxien sind riesige, sehr alte, ovale Galaxien aus bis zu einer Billion Sternen.
- Irreguläre Galaxien sind Galaxien ohne eine erkennbare Form. Sie könnten sich aus den Trümmern von zusammengestoßenen Galaxien gebildet haben.
- Galaxien finden sich oft in Haufen genannten Gruppen. Ein Galaxienhaufen kann um die 30 Galaxien enthalten.

▶ *Wie unsere Milchstraße und die benachbarte Andromeda sind viele Galaxien spiralförmig, mit einem dichten Zentrum und langen, gekrümmten Armen aus Millionen von Sternen.*

. . . FASZINIEREND! . . .
Galaxien wie die Kleine Magellansche Wolke könnten aus Trümmern von gewaltigen Galaxienkollisionen bestehen.

Die Milchstraße

▲ *Die rotierende Milchstraße sieht aus wie ein Feuerrad zu Silvester.*

- Die Milchstraße ist das dünne, unscharfe Lichtband, das sich über unseren Nachthimmel erstreckt.
- Durch ein Fernglas kann man sehen, dass die Milchstraße aus unzähligen Sternen besteht.
- Eine Galaxie ist eine riesige Ansammlung von Sternen und die Milchstraße ist die Galaxie, in der wir leben.
- Es gibt Milliarden von Galaxien im Weltraum.
- Die Milchstraße hat einen Durchmesser von 100.000 Lichtjahren und eine Dicke zwischen 3.000 und 16.000 Lichtjahren. Sie besteht aus 100 Milliarden Sternen.
- Alle Sterne befinden sich in einer riesigen Spirale mit einer Verdickung in der Mitte.
- Unsere Sonne ist nur einer von Milliarden von Sternen in einem Arm dieser Spirale.
- Die Milchstraße rotiert rasend schnell, so dass sich unsere Sonne mit 800.000 km/h um das Zentrum der Galaxie bewegt.

- Die Sonne bewegt sich ein Mal alle 200 Millionen Jahre um die Achse der Galaxis – eine Reise von 176.000 Lichtjahren.
- Die riesige Ausbeulung in der Mitte der Milchstraße hat einen Durchmesser von 20.000 Lichtjahren und ist 6.000 Lichtjahre dick. Sie enthält nur sehr alte Sterne und sehr wenig Staub oder Gas.
- Genau im Zentrum der Milchstraße könnte ein riesiges Schwarzes Loch liegen.

▼ *Für das bloße Auge sieht die Milchstraße wie eine verschwommene weiße Wolke aus, aber mit dem Fernglas sieht man eine Unmenge von Sternen.*

Galaxienhaufen

- Die Milchstraße gehört zu einem Lokale Gruppe genannten Haufen aus rund 30 Galaxien.
- Die Lokale Gruppe hat einen Durchmesser von fünf Millionen Lichtjahren.
- In der Lokalen Gruppe gibt es vier Spiralgalaxien sowie 15 elliptische und 13 irreguläre Galaxien wie die Große Magellansche Wolke.
- Neben der Lokalen Gruppe gibt es noch viele Millionen ähnliche Sternhaufen.
- Der Virgo-Haufen ist 70 Millionen Lichtjahre entfernt und enthält mehr als 1.000 Galaxien.
- Zusammen mit etlichen anderen Haufen bildet die Lokale Gruppe den so genannten Lokalen Superhaufen.
- Weitere Superhaufen heißen Hercules- und Pegasus-Haufen.
- Die Superhaufen sind durch leeren Raum voneinander getrennt, den sie umgeben wie der Film einer Seifenblase.
- Die Leerräume zwischen den Superhaufen sind zwischen 350 und 400 Millionen Lichtjahre groß.

... FASZINIEREND! ...

Eine Ansammlung von Superhaufen bildet eine gigantische Struktur namens Große Mauer. Es ist die größte Struktur im Universum: über 700 Millionen Lichtjahre lang, aber nur 30 Millionen dick.

▶ *Der Weltraum wirkt wie eine formlose Anhäufung von Sternen und Wolken, aber alle Materie neigt zum Zusammenballen.*

Nebel

- Mit Nebel bezeichnete man einst jeden unscharfen Lichtfleck am Nachthimmel. Heute sind viele Nebel als Galaxien identifiziert.
- Viele Nebel sind gigantische Wolken aus Gas und Staub.
- Glühende Nebel geben ein schwaches, rotes Licht ab, weil das Wasserstoffgas in ihrem Inneren von der Strahlung naher Sterne erhitzt wird.
- Der Orion-Nebel ist ein glühender Nebel, der mit bloßem Auge zu sehen ist.
- Reflektierende Nebel strahlen kein eigenes Licht ab, sondern spiegeln mit ihrem Staub das umgebende Sternenlicht.
- Dunkelnebel haben nicht nur kein eigenes Licht, sondern saugen auch Licht auf. Sie können nur als dunkle Flecken gesehen werden, welche die hinter ihnen liegenden Sterne verdecken.

▲ *Dies ist der glühende Lagunen-Nebel, dessen Wasserstoff- und Heliumgas von der Sternenstrahlung erhitzt wird und glüht.*

- Der Pferdekopf-Nebel im Orion ist der bekannteste Dunkelnebel. Wie der Name andeutet, ist er wie ein Pferdekopf geformt.
- Planetarische Nebel sind dünne Ringe aus Gaswolken, die von sterbenden Sternen stammen. Trotz ihres Namens haben sie nichts mit Planeten zu tun.
- Der Ring-Nebel in der Lyra ist der bekannteste Planetarische Nebel.
- Der Krebs-Nebel ist das Überbleibsel einer Supernova, die 1054 explodierte.

▲ *Es gibt zwei Grundarten von Nebeln. Die größeren Diffusen Nebel können genug Staub und Gas enthalten, um 100.000 Sterne von der Größe unserer Sonne zu bilden. Planetarische Nebel entstehen, wenn ein sterbender Stern die äußere Schicht seiner Gashülle abstößt.*

Geburt eines Sterns

- Sterne sterben und werden im ganzen Universum geboren. Indem sie Sterne in verschiedenen Lebensphasen untersuchten, haben Astronomen den Lebenslauf der Sterne entschlüsselt.
- Mittelgroße Sterne leben etwa zehn Milliarden Jahre. Kleine Sterne leben etwa 200 Milliarden Jahre.
- Große Sterne haben ein kurzes, wildes Leben von zehn Millionen Jahren.
- Sterne beginnen ihr Leben in einer Nebel genannten Gas- und Staubwolke.
- Im Nebelinneren formt die Schwerkraft Dunkelnebel genannte Haufen, die jeweils die Anlagen für eine ganze Familie von Sternen enthalten.
- Durch den Druck der Schwerkraft werden die Dunkelnebel heiß.
- Kleinere Haufen werden nie sehr heiß und verlöschen schließlich. Selbst, wenn sie zu brennen beginnen, verlieren sie Oberflächengas und schrumpfen zu alten, weißen Zwergsternen.
- Wenn ein größerer Haufen zehn Millionen °C erreicht, beginnen die Wasserstoffkerne in seinem Inneren in einer Kettenreaktion zu verschmelzen, und der junge Stern beginnt zu glühen.
- Bei einem mittelgroßen Stern wie unserer Sonne presst der brennende Wasserstoff Gas genau so stark nach außen, wie die Schwerkraft es anzieht, und der Stern wird stabil.
- Mittelgroße Sterne brennen gleichmäßig, bis ihr gesamter Wasserstoff verbraucht ist.

▶ *Sterne werden in Gas- und Staubwolken (Nebeln) geboren.*

Riesensterne

- Riesensterne sind 10 bis 100 Mal größer als unsere Sonne und 10 bis 1.000 Mal heller.
- Rote Riesen sind Sterne, die bis auf das 10- bis 100-fache ihrer Größe angeschwollen sind, während sie die letzten Stufen ihres Lebenszyklus erreichen und ihre äußeren Gasschichten sich ausdehnen und abkühlen.
- Riesensterne haben ihren gesamten Wasserstoff verbraucht und verbrennen jetzt Helium, wobei die Heliumatome zu Kohlenstoff fusionieren (verschmelzen).
- Die größten Sterne schwellen weiter an, nachdem sie Rote Riesen geworden sind, und werden zu Überriesen.
- Überriesen sind bis zu 500 Mal größer als die Sonne mit einer absoluten Größe von -5 bis -10 (siehe: Sternhelligkeit, Seite 148).

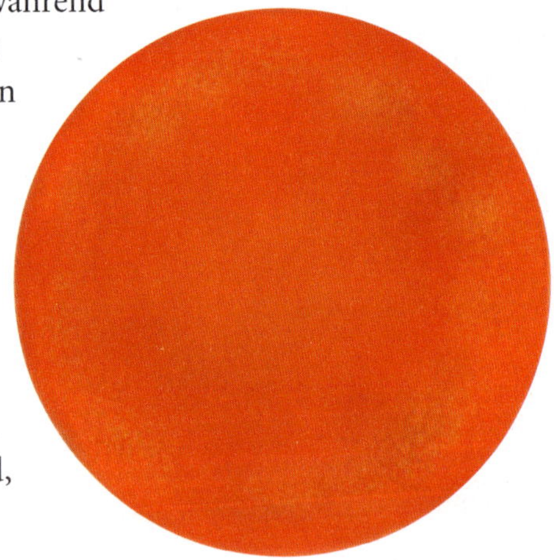

▲ *Ein Roter Überriese ist ein gigantischer Stern mit dem 500fachen Durchmesser unserer Sonne.*

- Der Druck im Kern eines Überriesen reicht aus, um Kohlenstoffatome zu Eisen zu verschmelzen.
- Alles Eisen im Universum stammt aus den Kernen von Überriesen.
- Es gibt eine Grenze für die Helligkeit von Überriesen, so dass man sie als Entfernungsmarkierung nutzen kann, indem man ihre scheinbare Helligkeit mit der tatsächlichen vergleicht (siehe: Entfernungen, Seite 170).
- Überriesen fallen schließlich in sich zusammen und explodieren als Supernovae.

▼ *Das Sternbild Cygnus, der Schwan, enthält den größten Stern im bekannten Universum: einen Überriesen, der fast eine Million Mal größer als die Sonne ist.*

...FASZINIEREND!...
Der größte bekannte Stern ist der Überriese Cygnus OB2 No. 12, der 810.000 Mal heller als die Sonne ist.

Supernovae

- Eine Supernova (Plural Supernovae) ist die letzte, gigantische Explosion eines Überriesen am Ende seines Lebens.
- Eine Supernova hält sich nur etwa eine Woche, strahlt aber so hell wie eine Galaxie aus Milliarden normalen Sternen.
- Supernovae entstehen, wenn ein Überriese seinen Wasserstoff- und Heliumvorrat verbrannt hat und schrumpft. Dabei entsteht in seinem Kern so viel Druck, dass schwere Elemente wie Eisen fusionieren (siehe: Kernenergie, Seite 176).
- Wenn das Eisen in seinem Kern fusioniert, bricht ein Stern sofort zusammen – und dehnt sich dann in einer gewaltigen Explosion aus.
- Die 1987 entdeckte Supernova 1987A war die Erste, die seit Keplers Beobachtung 1604 mit dem bloßen Auge zu sehen war.
- Supernova-Überreste sind sich weiter ausdehnende, riesige Wolken aus Materie.
- Eine von den Chinesen im Jahr 184 beobachtete Supernova wurde als ein solch böses Omen betrachtet, dass sie eine Palastrevolution auslöste.
- 1054 beobachteten ebenfalls Chinesen eine besonders dramatische Supernova, die den Krebs-Nebel hinterließ.
- In Supernovae entstehen Elemente, die schwerer sind als Eisen.

▶ *Die Sichtung einer Supernova ist selten, aber jede Sekunde leuchtet eine irgendwo im Universum auf.*

FASZINIEREND!
Viele Elemente in unserem Körper entstanden in Supernovae.

Zwergsterne

- Zwergsterne sind kleine Sterne von schwacher Helligkeit (siehe: H-R-Diagramm, Seite 150). Aber auch wenn sie klein sind, so enthalten sie doch ein große Menge an Materie.
- Rote Zwerge sind größer als der Planet Jupiter, aber kleiner als unsere mittelgroße Sonne. Sie glühen schwach mit 0,01% der Helligkeit unserer Sonne.
- Kein Roter Zwerg kann mit dem bloßen Auge entdeckt werden – nicht einmal der benachbarte Proxima Centauri.
- Weiße Zwerge sind die letzte Stufe im Leben eines mittelgroßen Sterns. Sie sind zwar noch kleiner als Rote Zwerge (etwa so groß wie die Erde), enthalten aber die gleiche Menge an Materie wie unsere Sonne.
- Der hellste Stern am Nachthimmel, der Sirius oder Hundestern, wird von einem Weißen Zwerg, Sirius B, begleitet.
- Der Weiße Zwerg Omicron-2 Eridani (auch 40 Eridani genannt) ist einer der wenigen Zwergsterne, die auf der Erde mit bloßem Auge zu erkennen sind.

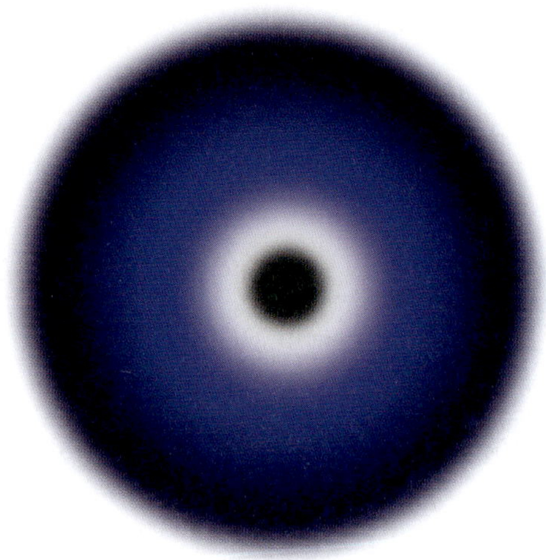

▲ *Schwarze Zwerge sind Sterne, die entweder nicht groß genug zum Schrumpfen waren oder ihren gesamten Brennstoff verbrannt haben und erloschen sind.*

- Braune Zwerge sind sehr kühle Himmelsobjekte, die etwas größer als der Jupiter sind.
- Braune Zwerge entstanden genau wie die übrigen Sterne, waren aber nicht groß genug, um richtig zu leuchten. Sie glühen nur sehr schwach in der Resthitze ihrer Entstehung.
- Schwarze Zwerge sind sehr kleine, kalte, tote Sterne.
- Die kleinste Sternenart wird Neutronenstern genannt.

▲ *Der Lebenslauf eines Sterns zeigt fünf typische Stufen, von der Gas- und Staubwolke bis hin zum kleinen, heißen Weißen Zwerg.*

Veränderliche

- Veränderliche Sterne sind Sterne, die nicht gleichmäßig leuchten wie unsere Sonne, sondern in ihrer Helligkeit schwanken.
- Pulsationsveränderliche sind Sterne, die pulsieren, als würden sie atmen. Dazu zählen Sterne wie die Cepheiden und die RR Lyrae-Sterne.
- Die Cepheiden sind große, helle Sterne, die regelmäßig alle 1 bis 100 Tage aufflammen.
- RR Lyrae-Sterne sind gelbe Überriesen am Ende ihres Lebens, die flackern, weil ihnen der Brennstoff ausgeht.
- Mira-Sterne sind Mira im Sternbild Cetus (Wal) ähnlich und verändern sich regelmäßig alle Monate oder Jahre.
- RV Tauri-Sterne flackern unberechenbar auf und werden dann wieder dunkler.
- Bedeckungsveränderliche sind eigentlich einander verdeckende Doppelsterne (siehe: Doppelsterne, Seite 146). Sie scheinen zu flackern, aber in Wirklichkeit schieben sie sich nur abwechselnd voreinander.
- Algol im Perseus ist ein bedeckungsveränderlicher Doppelstern. Er scheint 59 Stunden lang hell zu strahlen, wird für zehn Stunden dunkel und flammt dann wieder auf.
- Chi im Sternbild Cygnus (Schwan) ist ein „verschwindender“ Stern. Er ist für einige Monate im Jahr mit dem bloßen Auge sichtbar, wird dann aber so dunkel, dass er selbst mit einem starken Teleskop nicht mehr auszumachen ist.

▲ *Das Sternbild Schwan enthält einen verschwindenden Stern.*

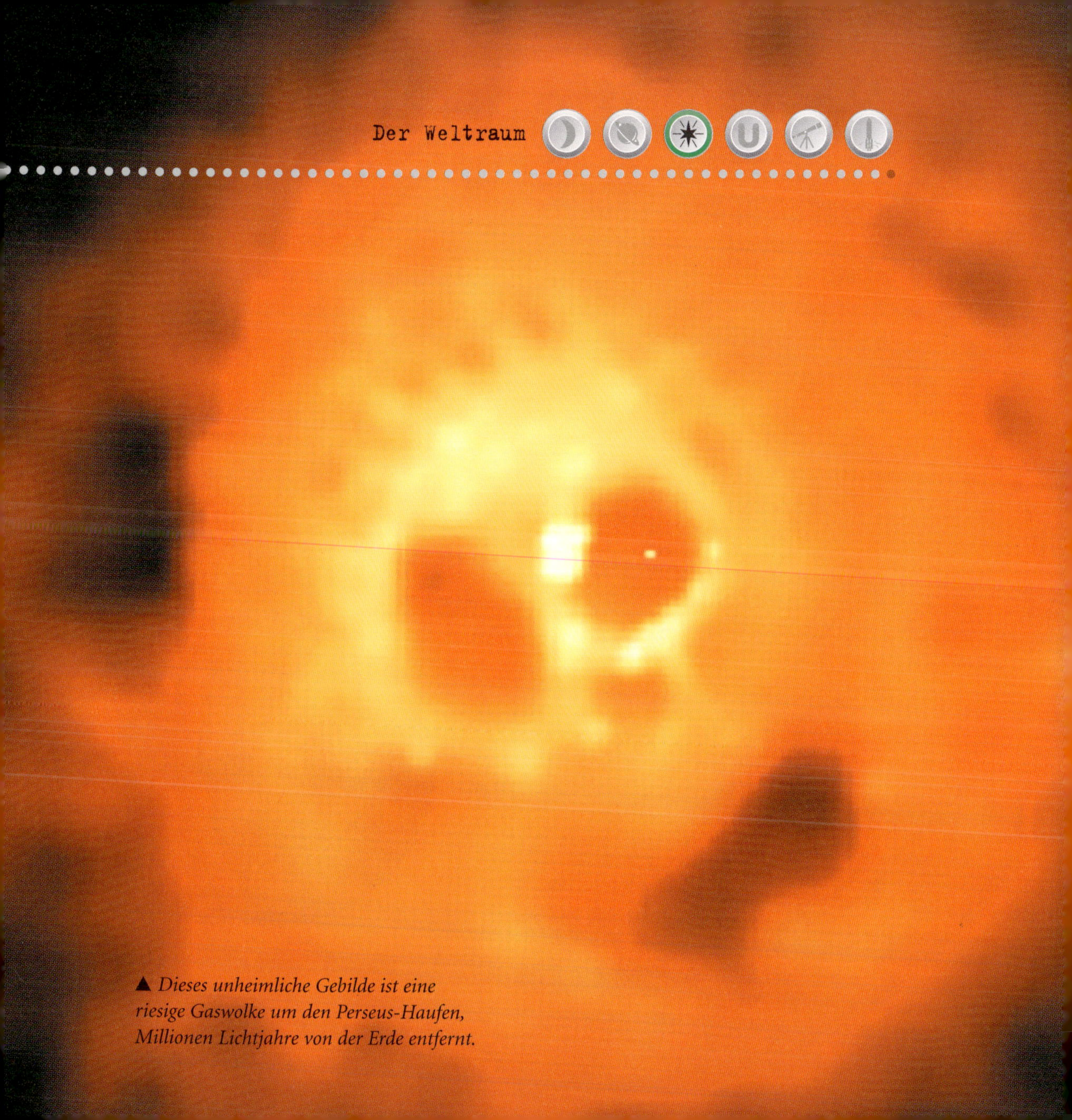

▲ *Dieses unheimliche Gebilde ist eine riesige Gaswolke um den Perseus-Haufen, Millionen Lichtjahre von der Erde entfernt.*

Neutronensterne

- Neutronensterne sind unglaublich kleine, superdichte Sterne mit einem Kern aus Neutronen und einer festen Kruste aus Eisen und ähnlichen Elementen.
- Neutronensterne haben meist einen Durchmesser von nur 20 km, wiegen aber so viel wie unsere Sonne.
- Ein Teelöffel voller Neutronenstern-Materie würde etwa zehn Milliarden Tonnen wiegen.
- Neutronensterne entstehen aus dem Kern eines Sterns, der als Supernova explodiert ist.
- Ein Stern muss mehr als die 1,4fache Masse unserer Sonne haben, um einen Neutronenstern zu erzeugen. Das nennt man die Chandrasekhar-Grenze.
- Ein Stern mit mehr als der 3,2fachen Masse unserer Sonne würde als Schwarzes Loch enden. Dies ist die Oppenheimer-Volkoff-Grenze.
- Die ersten Hinweise auf Neutronensterne kamen mit der Entdeckung der Pulsare in den 1960er-Jahren.
- Einige Sterne, die Röntgenstrahlung abgeben, wie Hercules X-1, könnten Neutronensterne sein. Die Röntgenstrahlung stammt von der Materie benachbarter Sterne, die von der gewaltigen Schwerkraft des Neutronensterns angesaugt wird.
- Neutronensterne haben mehr als 2.000 Mal stärkere Magnetfelder (siehe: Magnetismus, Seite 188) als die Erde, was die Atome auf ihrer Oberfläche zu Strängen zieht.

▲ *Neutronensterne sind kleine, superdichte Sterne, die nach einer Supernova übrig bleiben, wenn ein Stern binnen Sekunden unter seiner eigenen gewaltigen Schwerkraft zusammenbricht.*

▲ *Die Supernova 1987A, fotografiert vom Weltraumteleskop Hubble.*

Pulsare

- Ein Pulsar ist ein schnell rotierender Neutronenstern, der regelmäßige Radiopulse aussendet – so wie ein unsichtbarer kosmischer Leuchtturm.
- Der erste Pulsar wurde 1967 von der britischen Astronomin Jocelyn Bell Burnell entdeckt.
- Zuerst hielten die Astronomen die regelmäßigen Signale für Zeichen von Außerirdischen und nannten Pulsare deshalb im Scherz LGM (Little Green Men – Kleine Grüne Männchen).
- Die meisten Pulsare senden ihre Radiopulse etwa ein Mal in der Sekunde. Der langsamste Puls kommt alle vier Sekunden, der schnellste alle 1,6 Millisekunden.
- Die Pulsrate eines Pulsars verlangsamt sich, je älter er wird.
- Der Krebs-Pulsar wird jeden Tag um ein Millionstel langsamer.
- Heute kennt man mehr als 650 Pulsare, aber es könnte bis zu 100.000 aktive Pulsare in unserer Galaxie geben.
- Pulsare sind wahrscheinlich das Ergebnis einer Supernova. Daher findet man die meisten auch in der Milchstraße, wo Supernovae vorkommen.
- Pulsare stehen nicht an der gleichen Stelle wie Supernovae, weil sie aus den sich ausbreitenden Trümmern der Explosionen entstehen.
- Wir wissen, dass sie aus winzigen Neutronensternen von oftmals weniger als 10 km Durchmesser entstehen, weil sie so schnell pulsieren.

▶ *Der Krebs-Nebel enthält einen Pulsar namens NP 0532. Er ist der jüngste bisher entdeckte Pulsar und entstand vermutlich aus einer Supernova, die 1054 im Krebs-Nebel beobachtet wurde. Er hat eine Rotationszeit von 0,0331 Sekunden, wird aber nach und nach langsamer.*

Doppelsterne

- Unsere Sonne steht alleine im All, aber die meisten Sterne haben einen, zwei oder mehr Begleitsterne.
- Doppelsterne nennt man auch Binäre Systeme und es gibt verschiedene Arten.
- Echte Doppelsterne sind zwei Sterne, die sich gegenseitig mit ihrer Schwerkraft festhalten und ihr Leben lang umeinander kreisen wie zwei Tänzer.
- Optische Doppelsterne sind keine echten Doppelsterne. Sie sehen für uns nur so aus, weil sie auf einer Sichtlinie liegen.
- Sich bedeckende Doppelsterne sind echte Doppelsterne, die genau auf der Sichtlinie von der Erde umeinander kreisen und sich immer wieder gegenseitig abdecken.
- Spektroskopische Doppelsterne sind echte Doppelsterne, die so nahe beieinander stehen, dass sie nur durch Farbveränderungen als zwei Sterne zu erkennen sind.

▼ *Binäres System mit zwei gleich großen Sternen. Sie können nahe beieinander oder Millionen Kilometer entfernt sein.*

▼ *Ungleiches Binäres System mit einem Riesenstern.*

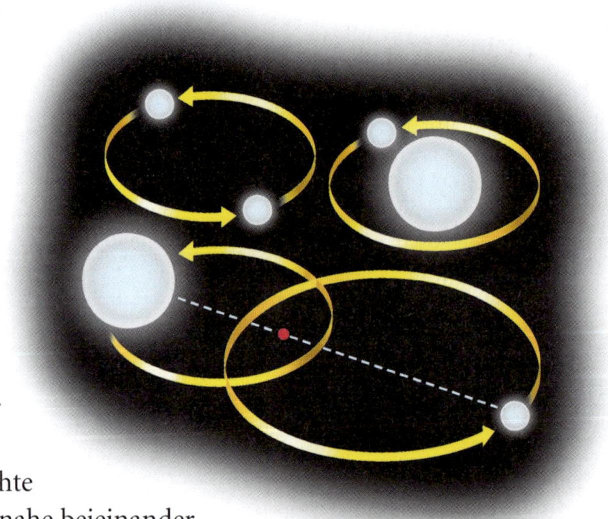

▲ *Sterne in einem binären System kreisen um einen gemeinsamen Massenschwerpunkt.*

- Der Stern Epsilon im Sternbild Lyra besteht aus einem Paar von Doppelsternen.
- Mizar im Großen Bär war der erste entdeckte Doppelstern.
- Mizar und sein Nachbar Alkor sind Optische Doppelsterne.
- Albireo im Schwan ist ein mit bloßem Auge erkennbarer echter Doppelstern – ein Stern sieht golden aus, der andere blau.

▲ *In der Mitte dieses Bildes steht das Sternbild Schwan mit seinem Doppelstern Albireo.*

Sternhelligkeit

- Die Helligkeit der Sterne wird mit einer Größenklassenskala bewertet, die 150 v. Chr. vom griechischen Astronom Hipparchos entwickelt wurde.
- Der hellste Stern, den Hipparchos sehen konnte, war Antares, und so erhielt er die Größenklasse 1. Der schwächste zu sehende Stern erhielt die Größenklasse 6.
- Mit Ferngläsern oder Teleskopen können Astronomen heute wesentlich schwächere Sterne erkennen als Hipparchos.
- Gute Ferngläser zeigen Sterne der Größenklasse 9, während man mit einem Hobby-Teleskop noch Sterne der Klasse 10 sehen kann.
- Da man mittlerweile hellere Sterne als Antares kennt, entstanden Größenklassen, die kleiner als 1 und sogar negativ sein können. Alpha Centauri hat Klasse -0,27, Wega 0,03 und unsere Sonne hat die Größenklasse -27,74.
- Der von der Erde aus am hellsten wirkende Stern ist Sirius mit der Größenklasse -1,46.
- Die Größenklassenskala beschreibt nur, wie hell ein Stern von der Erde aus im Vergleich zu anderen Sternen aussieht. Man nennt es auch die scheinbare Helligkeit.

▲ *Man kann die Größenklasse eines Sterns abschätzen, indem man seine Helligkeit mit der eines helleren und der eines schwächeren vergleicht, deren Größenklassen man kennt.*

- Je weiter ein Stern entfernt ist, desto schwächer leuchtet er und desto kleiner ist seine Größenklasse – egal, wie hell er wirklich ist.
- Die absolute Helligkeit beschreibt, wie hell ein Stern wirklich ist.
- Der Stern Deneb ist 70.000 Mal heller als die Sonne. Da er aber 1.800 Lichtjahre entfernt ist, wirkt er schwächer als der Sirius.

▲ *Ein großes Teleskop zeigt Sterne bis zur Größenklasse 10.*

Das H-R-Diagramm

- Das Hertzsprung-Russell-Diagramm ist eine Grafik, in der die Farbe (Spektralklasse) und die absolute Helligkeit von Sternen miteinander in Beziehung gesetzt werden.
- Die Farbe eines Sterns hängt von seiner Temperatur ab.
- Kühle Sterne sind rot oder rötlich-gelb.
- Heiße Sterne brennen weiß oder blau.
- Mittelgroße Sterne bilden in dem Diagramm ein diagonales Band, das man die Hauptreihe nennt.
- Je weißer und heißer ein Stern der Hauptreihe ist, desto heller strahlt er. Weiße und blau-weiße Sterne sind für gewöhnlich größer und jünger.
- Je roter und kühler ein Stern ist, desto schwächer strahlt er. Kühle, rote Sterne sind gewöhnlich kleiner und älter.
- Riesen- und Zwergsterne liegen beiderseits der Sterne der Hauptreihe.
- Das H-R-Diagramm zeigt, wie hell jeder Stern erscheinen müsste. Wenn der Stern in Wirklichkeit dunkler aussieht, muss er weiter weg sein. Indem man die durch das Diagramm vorhergesagte Helligkeit mit der sichtbaren Helligkeit vergleicht, kann man berechnen, wie weit ein Stern entfernt ist (siehe: Entfernungen, Seite 170).
- Das H-R-Diagramm wurde unabhängig voneinander 1911 von Ejnar Hertzsprung und 1913 von Henry Russell entwickelt.

▶ *Das H-R-Diagramm zeigt die Temperatur und absolute Helligkeit verschiedener Sterntypen. Auf Basis der scheinbaren Helligkeit eines Sterns kann es zur Bestimmung seiner Entfernung genutzt werden.*

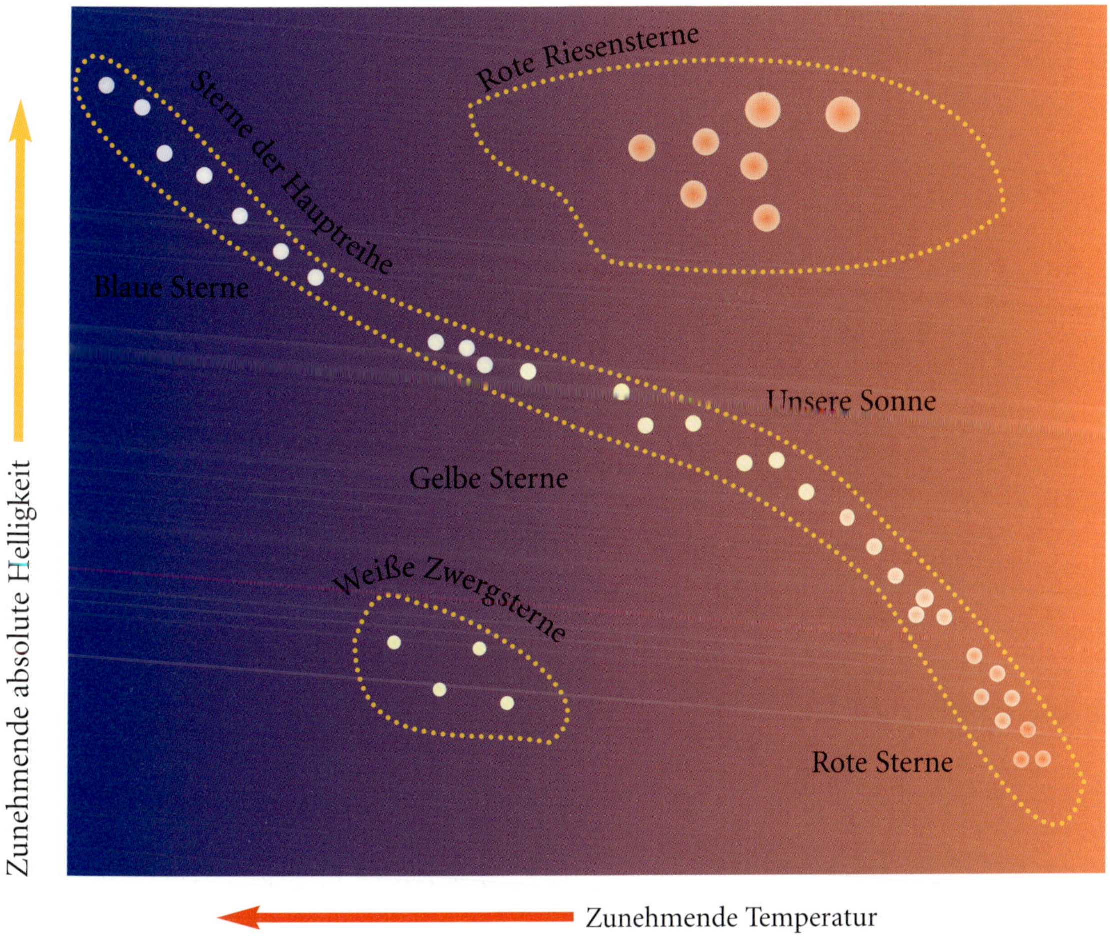
Rote Riesensterne
Sterne der Hauptreihe
Blaue Sterne
Unsere Sonne
Gelbe Sterne
Weiße Zwergsterne
Rote Sterne
Zunehmende absolute Helligkeit
Zunehmende Temperatur

Rotverschiebung

- Wenn sich entfernte Galaxien von uns wegbewegen, werden die Lichtwellen, die sie abgeben und die sich sehr, sehr schnell bewegen, hinter ihnen in die Länge gezogen. Die Quelle des Lichts ist ja bei jedem neuen Stück ausgesandter Lichtwelle wieder ein bisschen weiter entfernt.
- Wenn die Lichtwellen einer weit entfernten Galaxie auf diese Weise gestreckt werden, erscheinen sie roter. Das nennt man Rotverschiebung.
- Der tschechische Mathematiker Christian Doppler beschrieb 1842 als Erster die Rotverschiebung (Doppler-Effekt).
- Edwin Hubble zeigte als Erster, dass die Rotverschiebung einer Galaxie proportional zu ihrer Entfernung ist. Das bedeutet, je weiter eine Galaxie entfernt ist, desto größer ist ihre Rotverschiebung und umso schneller bewegt sie sich von uns weg. Das ist das Hubble-Gesetz.
- Dadurch, dass die Rotverschiebung mit größerer Entfernung stärker wird, konnte bewiesen werden, dass das Universum sich ausdehnt.
- Nur sehr nahe Galaxien zeigen überhaupt keine Rotverschiebung.
- Die mit 4,25 stärkste Rotverschiebung hat der Quasar 8C 1435+3. Das sind 96% der Lichtgeschwindigkeit.
- Rotverschiebung kann durch die Ausbreitung des Universums, durch Gravitation oder durch den Effekt der Relativität (siehe: Einstein, Seite 174) hervorgerufen werden.
- Schwarze Löcher können eine große Rotverschiebung verursachen.

▶ *Rotverschiebung tritt dann auf, wenn sich entfernte Galaxien von uns wegbewegen. Je weiter eine Galaxis entfernt ist, desto größer ist die Rotverschiebung.*

FASZINIEREND!

Die Rotverschiebung der von uns am weitesten entfernten Quasare ist so stark, dass sie sich fast mit Lichtgeschwindigkeit von uns fortbewegen müssen.

Die Himmelskugel

- Beobachtet man am Nachthimmel die Bewegung der Sterne, sieht es aus, als wären sie auf die Innenseite einer riesigen, sich langsam drehenden Kugel gemalt. Diese Kugel nennt man die Himmelskugel.
- Den nördlichsten Punkt der Himmelskugel nennt man Himmelsnordpol.
- Der südlichste Punkt ist der Himmelssüdpol.
- Die Himmelskugel dreht sich um eine Achse, die durch ihre beiden Pole verläuft.
- Um die Mitte der Himmelskugel verläuft der Himmelsäquator, genau wie bei der Erde.
- Die Position der Sterne wird durch ihre Deklination und ihre Rektaszension angegeben.
- Die Deklination ist wie die geographische Breite. Sie wird in Graden gemessen und gibt die Position zwischen Pol und Äquator an.
- Die Rektaszension ist wie die geographische Länge. Sie wird in Stunden, Minuten und Sekunden gemessen und gibt die Entfernung eines Sterns zum so genannten Frühlingspunkt (Widderpunkt) an.
- Der Polarstern, Polaris, liegt sehr nah am Himmelsnordpol.
- Der Zenit ist der Punkt der Himmelskugel, der sich direkt über einem befindet, wenn man den Nachthimmel betrachtet.

▶ *Die Himmelskugel ist wie ein großer, blauer, mit Sternen übersäter Ball, in dessen Mitte die Erde liegt. Die Himmelskugel ist nur eine Vorstellung, aber sie macht es einfacher, Sterne und Sternbilder am Himmel zu finden. Das Bild gegenüber zeigt die Himmelskugel mit dem Tierkreis.*

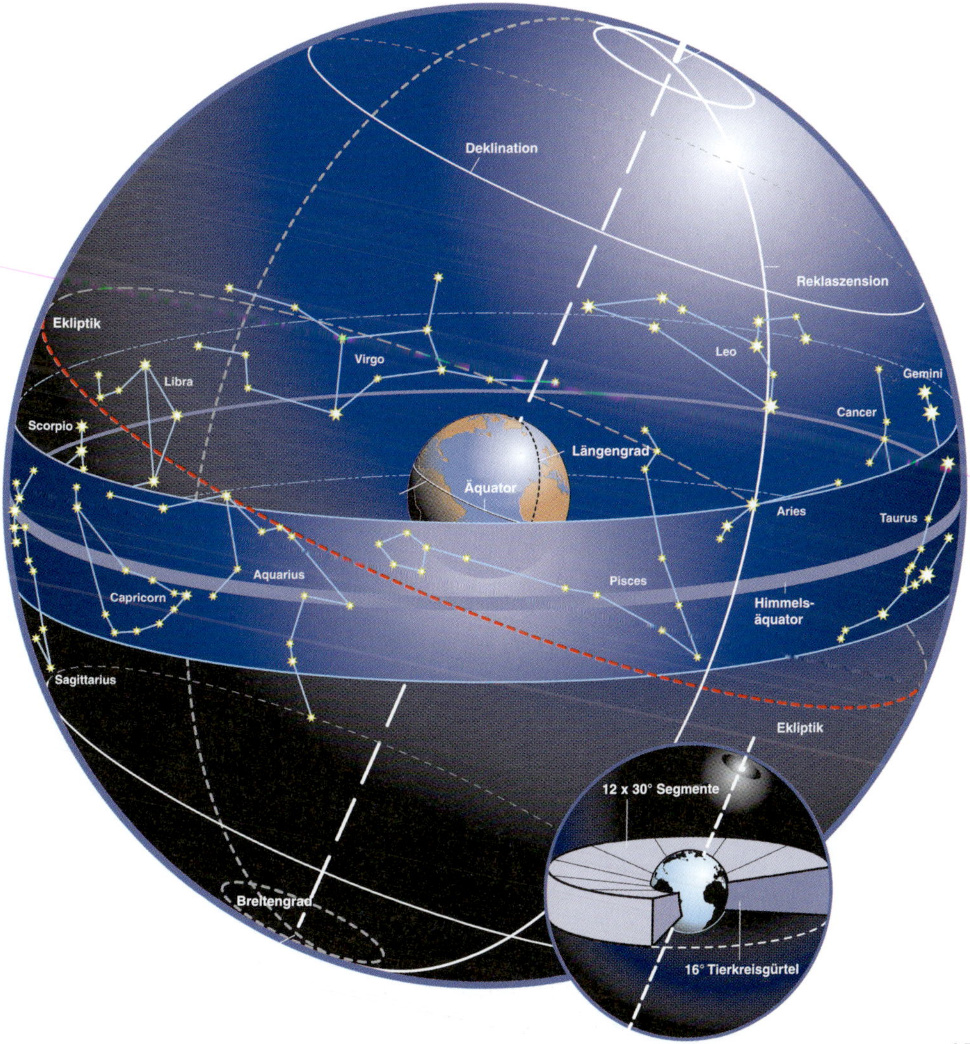
Deklination
Reklaszension
Ekliptik
Virgo
Leo
Libra
Gemini
Cancer
Scorpio
Längengrad
Äquator
Aries
Taurus
Aquarius
Pisces
Capricorn
Himmels-
äquator
Sagittarius
Ekliptik
12 x 30° Segmente
Breitengrad
16° Tierkreisgürtel

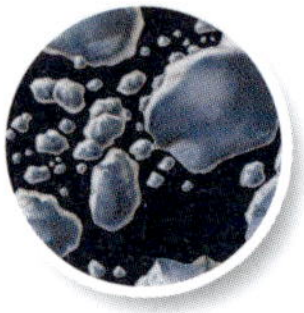

Asteroiden

- Asteroiden (Planetoiden) sind große Felsbrocken, die die Sonne umkreisen. Sie werden auch Kleinplaneten genannt.
- Die meisten Asteroiden umkreisen die Sonne im Asteroidengürtel (Planetoidengürtel) zwischen der Mars- und Jupiterbahn.
- Einige Asteroiden bestehen aus Eis und umkreisen die Sonne außerhalb der Neptunbahn.
- Als Erster wurde der Asteroid Ceres 1801 von Giuseppe Piazzi entdeckt. Piazzi gehörte zu einer Gruppe von Astronomen, die einen „fehlenden" Planeten suchten.
- Ceres ist der größte Asteroid. Sein Durchmesser beträgt 1.023 km. Das sind etwa 0,0002% der Größe der Erde.
- Die Raumsonde Galileo machte 1991 und 1993 Bilder der Asteroiden Ida und Gaspra.
- Wahrscheinlich gibt es mehr als eine halbe Million Asteroiden mit einem Durchmesser von mehr als 1 km. Mehr als 200 Asteroiden sind mehr als 200 km im Durchmesser groß.
- Die Trojanischen Asteroiden (Trojaner) sind eine Gruppe von Asteroiden, die der Umlaufbahn Jupiters folgen. Viele von ihnen sind nach Kriegern aus der griechischen Sage der Trojanischen Kriege benannt.

▲ *Die meisten Asteroiden, man schätzt mehrere Milliarden, umkreisen die Sonne im Asteroidenhauptgürtel (Planetoidengürtel) zwischen der Mars- und Jupiterbahn.*

... FASZINIEREND! ...

Etwa alle 50 Millionen Jahre triff ein über 10 km großer Asteroid die Erde.

Meteoriten

- Meteoriten sind kosmische Kleinkörper, die in die Erdatmosphäre eindringen. Es können von ihrer Bahn abgekommene Asteroiden oder Staubkörner aus dem Schweif eines aufgelösten Kometen sein.
- Die meisten Meteoriten sind sehr klein, häufig nicht größer als eine Erbse, und verglühen beim Eintritt in die Erdatmosphäre.
- Sternschnuppen sehen aus wie Sterne, die über den Nachthimmel schießen. In Wirklichkeit sind es kleine Meteoriten, die beim Eintritt in der Erdatmosphäre verglühen und deren Leuchtspur „Meteor" genannt wird.
- Meteoriten sind zwar keine Sterne, dennoch werden Meteorströme (Meteoritenschauer) nach den Sternkonstellationen benannt, von denen sie zu kommen scheinen.
- Die stärksten Meteoritenströme sind die Perseiden (12./13. Aug.), die Geminiden (13./14. Dez.) und die Quadrantiden (3./4. Jan.).
- Manche Meteoriten sind so groß, dass sie nicht vollständig in der Erdatmosphäre verglühen, sondern die Erdoberfläche erreichen.
- Es besteht immer die Möglichkeit, dass ein sehr großer Meteorit die Erde trifft.

▲ *Bei Meteoritenschauern kommt es zu dutzenden Sternschuppen.*

▼ *Dieser Krater im US-Bundesstaat Arizona ist einer der wenigen großen Meteoritenkrater auf der Erde, die deutlich sichtbar sind. Der Mond ist mit solchen Kratern förmlich übersät.*

... FASZINIEREND! ...
Vielleicht starben die Dinosaurier aus, weil ein Meteoriteneinschlag den Himmel verfinsterte.

Kometen

- Kometen sind helle Objekte mit einem langen, hellen Schweif, die manchmal über den Nachthimmel schießen.
- Sie sehen sehr beeindruckend aus. Es sind jedoch meist nur schmutzige Eisklumpen von einigen Kilometern Durchmesser.
- Die Sonne wird von vielen Kometen umkreist. Da ihre Umlaufbahnen sehr lang sind, halten sie sich die meiste Zeit in weit entfernten Regionen des Sonnensystems auf. Sie sind von der Erde aus nur zu sehen, wenn ihre Umlaufbahn sie für ein paar Wochen in der Nähe der Sonne bringt.
- Der Kometenschweif entsteht, wenn ein Komet sich der Sonne nähert und zu schmelzen beginnt. Eine große Gaswolke tritt aus und wird vom Sonnenwind verweht. Was wir am Nachthimmel als Schweif sehen, ist diese Wolke, die vom Sonnenlicht angestrahlt wird.
- Periodische Kometen sind in regelmäßigen Abständen immer wieder sichtbar.
- Einige Kometen erreichen eine Geschwindigkeit von zwei Millionen Kilometern die Stunde, wenn sie sich der Sonne nähern.
- Wenn sie weit von der Sonne entfernt sind, werden die Kometen langsamer, teils bis zu 1.000 Kilometern die Stunde.
- Der Vorbeiflug des Kometen Hale-Bob 1997 war die hellste Himmelserscheinung seit 1811. Er war sogar von Großstädten aus zu sehen.
- Fragmente des Kometen Shoemaker-Levy 9 schlugen im Juli 1994 auf dem Jupiter auf. Es war der größte jemals beobachtete Aufschlag.
- Der berühmteste Komet ist der Halley'sche Komet.

▲ *Der Schweif eines Kometen weht immer von der Sonne weg.*

▶ *Der Komet Kohoutek am Nachthimmel.*

Halley'scher Komet

- Der Halley'sche Komet ist nach dem englischen Astronom Edmond Halley (1656–1742) benannt.
- Halley sagte voraus, dass dieser Komet 1758, 16 Jahre nach seinem Tod, zurückkehren würde. Es war das erste Mal, dass es gelang, das Erscheinen eines Kometen vorherzusagen.
- Der Halley'sche Komet umrundet die Sonne innerhalb von 76 Jahren.
- Der Halley'sche Komet konnte zuletzt 1986 gesehen werden. Sein nächster Besuch wird 2062 sein.
- Schon 240 v. Chr. beschrieben die Chinesen einen Besuch des Halley'schen Kometen.
- Als der Halley'sche Komet 837 n. Chr. gesichtet wurde, schrieben chinesische Astronomen, dass sein Kopf so hell wie die Venus sei und sein Schweif sich über den gesamten Himmel erstreckte.
- König Harold II. von England sah den Kometen 1066. Als der König wenige Monate später von Wilhelm dem Eroberer besiegt wurde, deuteten die Menschen das Erscheinen des Kometen als böses Omen.

▲ *Dieser Ausschnitt des Bayeuxteppichs zeigt den Halley'schen Kometen (am oberen Rand, rechts der Mitte).*

▲ *Der helle Kopf und der lange Schweif des Halley'schen Kometen.*

FASZINIEREND!
Der Halley'sche Komet wurde auch 8 v. Chr. gesehen. Einige vermuten, er könnte der Stern von Bethlehem sein.

Quasare

- Quasare sind die hellsten Lichtquellen im Universum. Obwohl sie nicht größer als unser Sonnensystem sind, haben sie eine Helligkeit von 100 Galaxien.
- Quasare sind die am weitesten entfernten Objekte im Universum. Selbst der nächste ist Milliarden von Lichtjahren entfernt.
- Der am weitesten entfernte Quasar liegt am Rande des bekannten Universums, zwölf Milliarden Lichtjahre entfernt.
- Einige Quasare sind so weit entfernt, dass wir sie so sehen, wie sie kurz nach der Entstehung des Universums waren, als das Universum nur ein Fünftel so alt war wie heute.
- Quasar ist die Kurzform von Quasistellare Radioquelle. Die Bezeichnung kommt daher, dass die ersten Quasare durch ihre starken Radiowellen entdeckt wurden und man sie, da sie so klein und hell sind, zuerst für Sterne hielt.
- Da nur wenige der heute bekannten Quasare tatsächlich starke Radiostrahler sind, spricht man heute von Quasistellaren Objekten.
- Der hellste bekannte Quasar ist 3C 273. Er ist zwei Milliarden Lichtjahre entfernt.
- Quasare liegen im Zentrum von so genannten „aktiven Galaxien“.
- Es wird vermutet, dass Quasare ihre riesigen Energiemengen daher beziehen, dass ein Schwarzes Loch in ihrem Zentrum immens viel Materie verschluckt.
- Man vermutet, dass Schwarze Löcher im Zentrum von Quasaren Materie von der Masse von 100 Millionen Sonnen verschlucken können.

▲ *Das Weltraumteleskop Hubble konnte die bisher besten Bilder eines Quasars machen. Dies ist das Bild des Quasars PKS 2349, der Milliarden von Lichtjahren entfernt ist.*

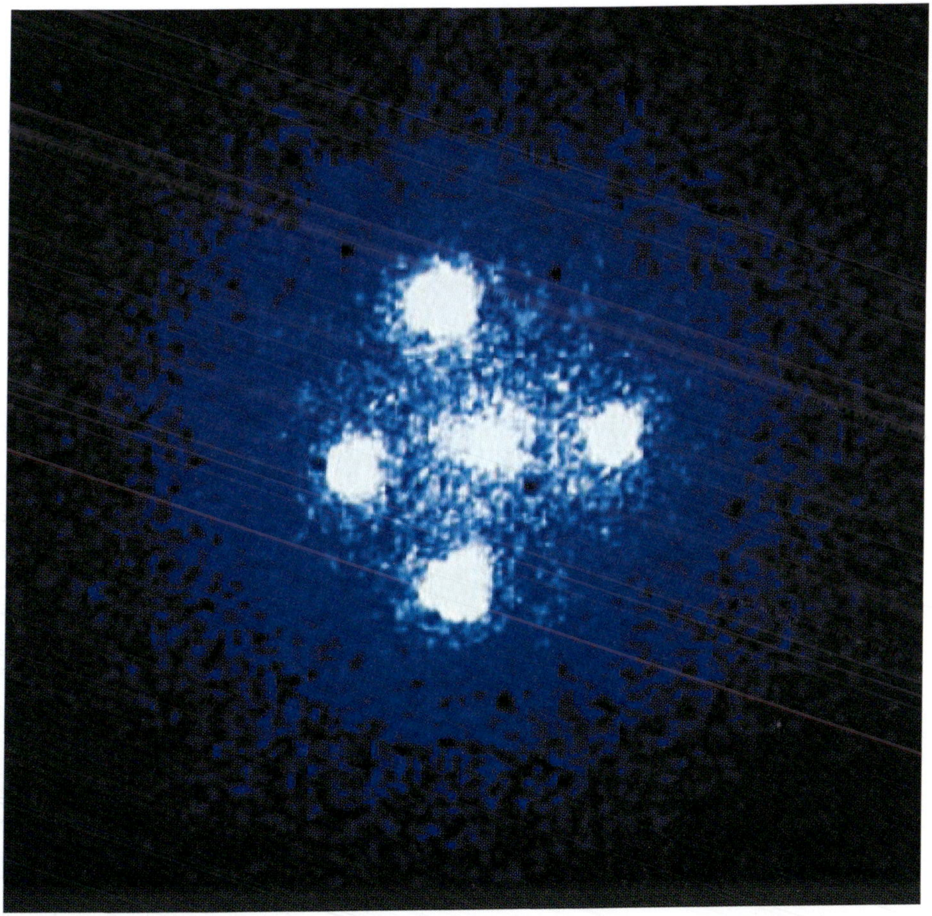

▲ *Quasare sind extrem hell leuchtende Objekte im Zentrum einiger weit entfernter Galaxien. Die meisten bisher bekannten Quasare haben etwa die Größe unseres Sonnensystems.*

Polarlicht

- Das Polarlicht (Aurora) ist eine helle Lichterscheinung, die nachts über dem Nordpol und dem Südpol der Erde zu beobachten ist.
- Die Aurora Borealis ist das Nordlicht, das Licht, das über dem Nordpol erscheint.
- Die Aurora Australis ist das Südlicht, das Licht, das über dem Südpol erscheint.
- Polarlicht wird durch Ströme kleiner Teilchen von der Sonne hervorgerufen, auch Sonnenwind genannt (siehe: Sonneneruptionen, Seite 32), die beim Auftreffen auf die Erdatmosphäre Gasatome zum Leuchten anregen.
- Sauerstoff leuchtet gelblich-grün, wenn er in niedrigen Regionen der Atmosphäre getroffen wird, und rötlich in höheren Regionen.
- Stickstoff leuchtet normalerweise strahlend rot, und wenn er ionisiert wird, leuchtend blau.
- Die Polarlichter bilden eigentlich ständig einen leuchtenden Kranz über den Polen, sind aber meistens zu schwach, um sichtbar zu sein. Sie leuchten jedoch hell auf, wenn große Energiemengen von der Sonne auf die Atmosphäre treffen.
- Das Polarlicht erscheint nur über den beiden Polen der Erde, da das Magnetfeld der Erde hier tief eingebuchtet ist.
- Die Polarlichter sind heller, wenn der Sonnenwind stärker weht.
- Von New York oder Edinburg aus kann man beispielsweise etwa zehnmal im Jahr Nordlichter sehen.

▶ *Die Nordlicher über der Arktis gehören zu den schönsten Erscheinungen in der Natur. Wie ein schimmernder Vorhang aus grünem, rotem und weißem Licht erleuchten sie den Himmel in der Polarnacht.*

Jahre

- Ein Kalenderjahr entspricht in etwa der Zeit, die die Erde zu einer Umrundung der Sonne benötigt, nämlich 365 Tage.
- Genauer benötigt die Erde 365,24219 Tage zur Umrundung der Sonne. Dies bezeichnet man als Sonnenjahr.
- Um die fehlenden 0,242 Tage auszugleichen, wird dem heute in der westlichen Welt üblichen Kalender dem Februar alle 4 Jahre (Schaltjahre) ein Tag hinzugefügt. Jahrhundertjahre wiederum gelten nur als Schaltjahre, wenn sie durch 400 teilbar sind (Schaltjahrhunderte).
- Nach einer Messungsmethode, die sich an den Sternen orientiert, benötigt die Erde 365,25636 Tage zur Umrundung der Sonne, da sich die Sonne auch relativ zu den Sternen bewegt. Dies nennt man Sternjahr.
- Das Perihel der Erde ist der 3. Januar, der Tag auf ihrer Umlaufbahn, an dem die Erde der Sonne am nächsten kommt.
- Das Aphel, der von der Sonne am weitesten entfernte Punkt auf der Umlaufbahn, ist bei der Erde der 4. Juli.
- Merkur ist der Planet mit dem kürzesten Jahr. Er benötigt nur 88 Tage zu einer Umrundung der Sonne.
- Pluto ist der Planet mit dem längsten Jahr. Er benötigt 248 Jahre zu einer Umrundung der Sonne.
- Der Planet, auf dem die Länge eines Jahres dem auf der Erde am stärksten ähnelt, ist Venus. Auf ihr dauert ein Jahr 225 Tage.

▶ *Ein Jahr wird danach berechnet, wie lange die Erde zu einer Umrundung der Sonne benötigt. Nach einer solchen Umrundung steht die Sonne mittags wieder genau so hoch wie ein Jahr zuvor. Da ein Jahr eigentlich ein wenig länger ist als 365 Tage, gleicht unser Kalender den kleinen Überschuss durch Schaltjahre und Schaltjahrhunderte aus.*

Entfernungen

- Die Entfernung zum Mond wird mit einem Laserstrahl gemessen.
- Die Entfernung zu anderen Planeten wird mit von der Erde ausgesandten Radarsignalen gemessen, die von den Planeten zur Erde zurückgeworfen werden.
- Während die Erde die Sonne umrundet, scheinen sich nähere Sterne im Verhältnis zu weiter entfernten Sternen zu verschieben. Die Verschiebung wird Parallaxe genannt.
- Der Parallaxenwinkel kann nur zur Bestimmung der Entfernung von näheren Sternen verwendet werden. Zur Bestimmung der Entfernung von weiter entfernten Sternen vergleichen Astronomen, wie hell die Sterne erscheinen und wie hell sie wirklich sind.
- Bei Sternen mittlerer Entfernung vergleichen Astonomen Farbe mit Helligkeit und verwenden dabei das Hertzsprung-Russell-Diagramm (HRD).
- Sterne, die weiter als 30.000 Lichtjahre entfernt sind, leuchten zu schwach für die Bestimmung mit dem Hertzsprung-Russell-Diagramm.
- Entfernungen zu näheren Galaxien werden anhand von Sternen errechnet, deren Helligkeit Astronomen kennen, wie beispielsweise Cepheidenveränderliche (siehe: Veränderliche, Seite 140), Überriesen und Supernovae.

▲ *Die Bestimmung der Entfernung zu anderen Sternen ist eine der größten Herausforderungen in der Astronomie.*

- Die Helligkeit einer Galaxis, die zu weit entfernt ist, um ihre einzelnen Sterne zu erkennen, kann mit der Tully-Fisher-Beziehung errechnet werden. Sie beruht auf der Rotationsgeschwindigkeit der Galaxien.
- Das Zählen von Planetarischen Nebeln (Gaswolken nach einer Supernova) ist eine weitere Methode, um zu bestimmen, wie hell eine weit entfernte Galaxie sein müsste.
- Eine dritte Methode zur Bestimmung der Helligkeit entfernter Galaxien besteht in der Betrachtung ihrer Farbigkeit.

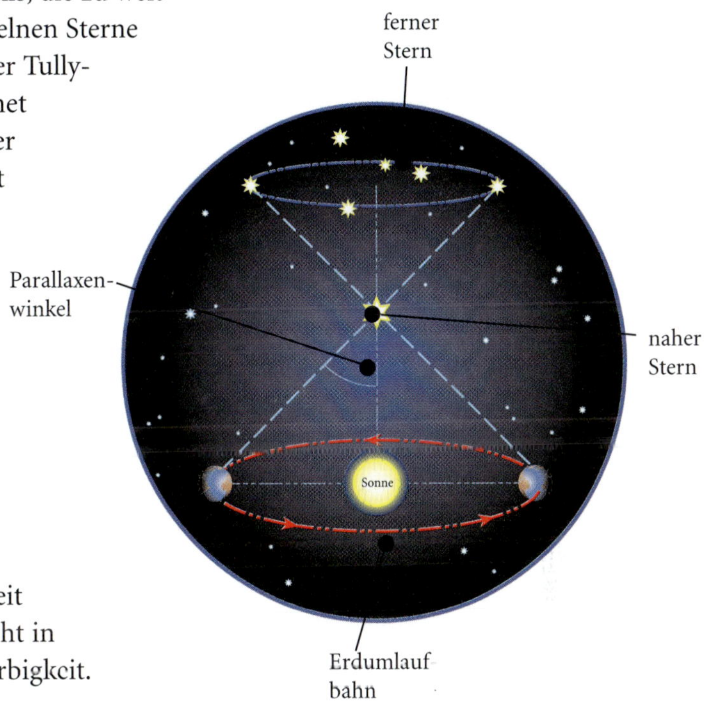

▲ *Die Parallaxe ist die scheinbare Verschiebung eines nahen Sterns vor dem Hintergrund eines fernen Sterns, die nicht durch die Bewegung des Sterns, sondern durch die Bewegung der Erde hervorgerufen wird.*

Lichtjahre

- Entfernungen im Weltall sind so riesig, dass man das Schnellste im Universum, nämlich Licht verwendet, um sie zu bestimmen.
- Licht bewegt sich mit fast 300.000 km pro Sekunde.
- Eine Lichtsekunde ist die Entfernung, die Licht in einer Sekunde zurücklegt, also 299 Millionen Meter.
- Ein Lichtjahr ist die Entfernung, die Licht in einem Jahr zurücklegt, also 9,460 Milliarden km. Das Lichtjahr ist eines der Standardmaße in der Astronomie.
- Für den Weg von der Sonne zur Erde benötigt Licht etwa acht Minuten.
- Von Proxima Centauri, dem Stern, der unserer Sonne am nächsten ist, benötigt Licht 4,27 Jahre bis zur Erde. Dieser Stern ist also 4,27 Lichtjahre entfernt. Das sind mehr als 40 Billionen km.
- Der Stern Deneb liegt 1.800 Lichtjahre von der Erde entfernt. Wir sehen den Stern also so, wie er war, als Septimus Severius 200 n. Chr. römischer Kaiser war.
- Mit sehr starken Teleskopen können Astonomen Galaxien sehen, die zwei Milliarden Lichtjahre entfernt sind. Was wir dann sehen, sind Galaxien zu einer Zeit, als die einzigen Lebensformen auf der Erde noch Bakterien waren.
- Eine weitere Maßeinheit für Entfernungen im Weltall ist Parsec (Parallaxensekunde) und stammt aus der Entfernungsmessung mit Parallaxenwinkeln. Ein Lichtjahr entspricht 0,3066 Parsecs.

▲ *Entfernungen im Weltall sind so riesig, dass sie in Lichtjahren gemessen werden, der Entfernung, die Licht in einem Jahr zurücklegt.*

Die hellsten Sterne

Stern	Sternbild-Zugehörigkeit	Größenklasse	Entfernung in Lichtjahren
Sirius	alpha Canis Major	- 1,46	8,6
Canopus	alpha Carinae	- 0,72	110
	alpha Centauri	- 0,01	4,37
Arcturus	alpha Bootis	- 0,04	36
Wega	alpha Lyrae	- 0,03	26
Capella	alpha Aurigae	- 0,08	45
Rigel	beta Orionis	- 0,12	850
Procyon	alpha Canis Minoris	- 0,8	11,4
Achernar	alpha Eridani	- 0,46	118
Hadar	beta Centauri	- 0,66	520
Beteigenze	alpha Orionis	- 0,70	650
Altair	alpha Aquilae	- 0,77	16
Aldebaran	alpha Tauri	- 0,85	64
Acrux	alpha Crucis	- 0,87	370
Antares	alpha Scorpii	- 0,92	430
Spica	alpha Virginis	1,00	260
Pollux	beta Geminorum	1,14	35
Fomalhaut	alpha Piscis Austrani	1,16	23
Deneb	alpha Cygni	1,25	1.800
	beta Crucis	1,28	490
Regulus	alpha Leonis	1,35	84
Adhara	epsilon Canis Majoris	1,50	680
Castor	alpha Geminorum	1,59	45
Shaula	lambda Scorpil	1,62	610
Bellatrix	lambda Orionis	1,64	470

Hinweis: Nicht alle hier aufgeführten Sterne sind von der nördlichen Erdhalbkugel zu sehen.

Einstein

- Albert Einstein (1879–1955) ist für seine Relativitätstheorie berühmt.
- Die Spezielle Relativitätstheorie (1905) besagt, dass alle Messungen relativ sind, auch die von Zeit und Geschwindigkeit. Dies bedeutet, dass Zeit und Geschwindigkeit davon abhängen, von wo aus sie gemessen werden.
- Das Schnellste im Universum, das Licht, bewegt sich immer mit derselben Geschwindigkeit, egal wo man ist und wie schnell man sich bewegt.
- Die Spezielle Relativitätstheorie besagt auch, dass Objekte, die sich mit großer Geschwindigkeit bewegen, kürzer und schwerer zu werden scheinen. Aber ihre Zeit scheint sich zu dehnen, also ihre Uhr langsamer zu laufen.
- Die Allgemeine Relativitätstheorie (1915) beinhaltet die Ideen der Speziellen Relativitätstheorie, erklärt aber auch, wie Gravitation funktioniert.
- Die Allgemeine Relativitätstheorie zeigt, dass die Zugkraft der Gravitation Beschleunigung (Geschwindigkeit) ist. Gravitation und Beschleunigung sind also dasselbe.
- Wenn Gravitation und Beschleunigung dasselbe sind, muss Gravitation Lichtstrahlen durch die Streckung des Raums (und der Zeit) ablenken.
- Gravitation funktioniert durch die Krümmung des Raums (und der Zeit). Die Anwesenheit von Materie beeinflusst die Raumkrümmung. Die Raumkrümmung beeinflusst die Bewegung von Materie.
- Die Allgemeine Relativitätstheorie sagt, dass die Gravitationsfelder von Sternen die Lichtstrahlen weit entfernter Sterne ablenken.

▲ *Einsteins Relativitätstheorie gilt seit 1919 als bewiesen. Damals wurden die Lichtstrahlen eines entfernten Sterns, die gerade an der Sonne vorbeikamen, während einer Sonnenfinsternis gemessen und man stellte fest, dass sie leicht abgelenkt wurden.*

Kernenergie

- Kernenergie ist eine sehr starke Kraft. Sie hält die Kerne der Atome zusammen.
- Mit Kernenergie werden Kraftwerke betrieben. Sie ist aber auch die Energiequelle aller Sterne im Universum. Kernenergie kann durch Kernspaltung oder Kernfusion freigesetzt werden.
- Bei der Kernfusion wird die Kernenergie durch die Verbindung (Verschmelzung) von Atomkernen freigesetzt. Dies geschieht auch innerhalb von Sternen.
- Normalerweise verschmelzen (verbinden sich) nur kleine Kerne, wie die der Elemente Wasserstoff oder Helium. Nur unter extrem großen Druck, wie er beispielsweise in kollabierenden Sternen herrscht, verschmelzen auch große Atomkerne, wie die von Eisen.
- Bei der Kernspaltung wird die Kernenergie durch die Spaltung von Atomkernen freigesetzt. Mit dieser Methode werden die meisten Kernkraftwerke betrieben.
- Bei der Kernspaltung werden große Atomkerne wie die der Elemente Uran-235 oder Plutonium gespalten.
- Bei der Spaltung gibt ein Atomkern Gammastrahlen, Neutronen und sehr viel Hitze ab.
- Bei einer Atombombe wird diese enorme Energie innerhalb von einer Sekunde frei gesetzt.

▲ *Kernwaffen (Nuklearwaffen) haben eine so verheerende Kraft, weil sie ihre Energie aus der Verwandlung der Materie der Atome in Energie beziehen. Bis heute sind zwei Atombomben zum Kriegseinsatz gekommen und zwar während des 2. Weltkriegs. Die erste wurde über der japanischen Stadt Hiroshima abgeworfen. Durch sie wurden 70.000 bis 100.000 Menschen getötet und sie verwüstete 13 Quadratkilometer der Stadt.*

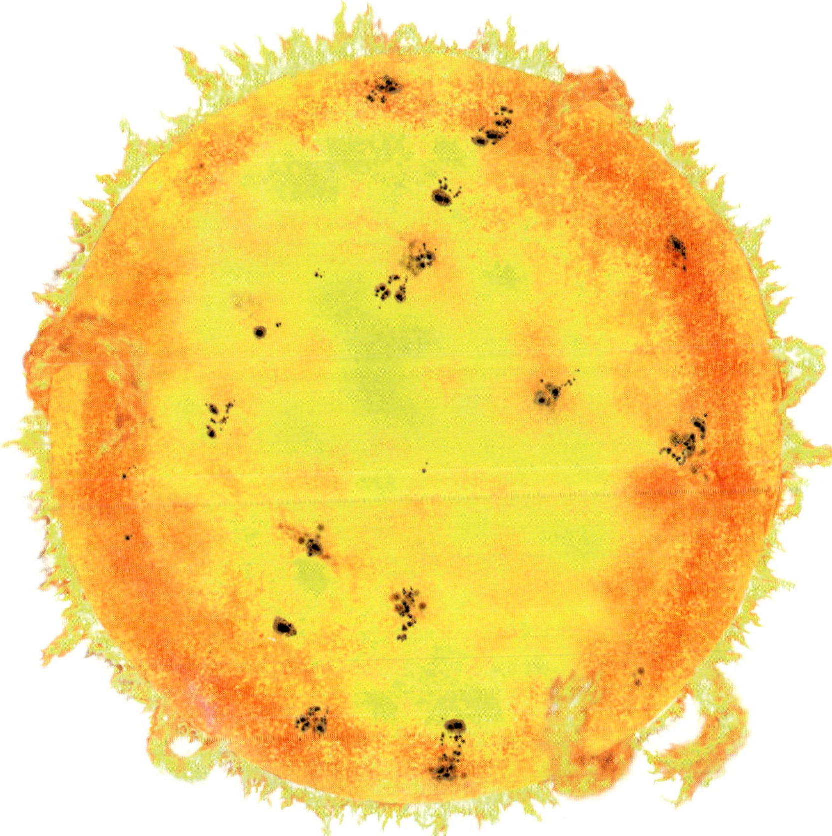

▲ *Die Temperatur im Inneren der Sonne beträgt mehrere Millionen Grad Celsius. Durch diese immens hohen Temperaturen verschmelzen Atomkerne miteinander. Dies nennt man thermonukleare Kernfusion. Durch diesen Prozess gibt die Sonne beständig riesige Mengen an Energie ab, die das Leben auf der Erde erst ermöglichen.*

FASZINIEREND!

Die von der Sonne abgegebene Energie ist so stark, dass man sie auf der Erde zur Energiegewinnung nutzen kann.

Licht

- Licht ist das Schnellste im Universum. Es bewegt sich mit einer Geschwindigkeit von 299.792.458 Metern pro Sekunde.
- Lichtstrahlen bewegen sich grundsätzlich in geraden Bahnen.
- Lichtstrahlen ändern ihre Richtung, wenn sie auf ein Hindernis treffen. Das nennt man Reflektion.
- Farben entstehen durch die unterschiedlichen Wellenlängen des Lichts.
- Licht ist eine Form von elektromagnetischer Strahlung (siehe: Magnetismus, Seite 188). Ein Lichtstrahl ist ein Strom kleiner Energieteilchen, der Photonen.
- Photonen bewegen sich in Wellen. Ihre Wellenlänge ist nur 380 bis 780 Nanometer (ein Millionstel Millimeter) lang.
- Schwaches Licht von weit entfernten Sternen wird häufig mit Hilfe von Sensoren aufgefangen, die CCDs genannt werden (siehe: Observatorien, Seite 46). Sie fangen die Photonen auf, die die Erde erreichen, und bauen so über lange Zeit ein Bild dieser Sterne auf.
- Ultraviolettes Licht und Röntgenstrahlen zählen auch zum elektromagnetischen Spektrum. Das Licht ist aber der einzige Bereich des elektromagnetischen Spektrums, den das menschliche Auge sehen kann.
- Jegliches Licht wird von Atomen abgegeben. Atome geben Licht ab, wenn sie „angeregt“ werden. Dies geschieht beispielsweise durch Kernreaktionen.

▶ *Wenn Lichtstrahlen durch transparente Substanzen wie Wasser oder Glas scheinen, werden sie langsamer und abgelenkt. Dies nennt man Lichtbrechung. Mit Linsen kann man diesen Effekt gezielt steuern und so Dinge größer oder kleiner erscheinen lassen.*

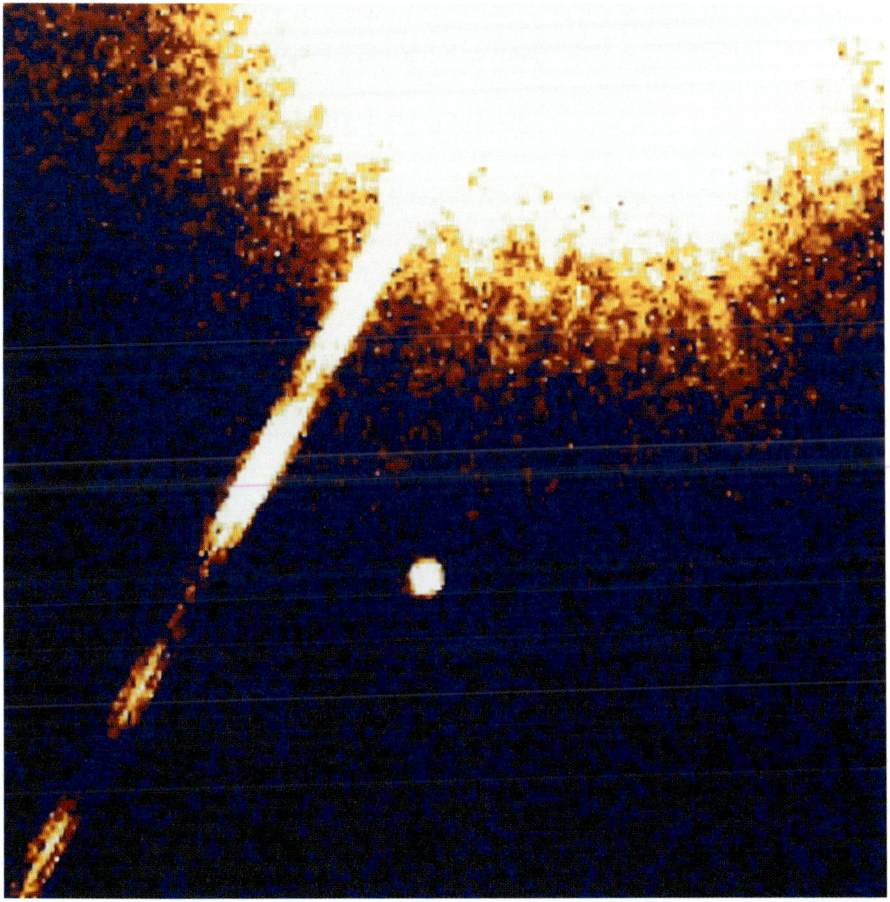

▲ *Durch massive Kernreaktionen im Inneren von Sternen werden riesige Lichtmengen und andere Strahlungsformen freigesetzt.*

Kosmische Strahlung

- Kosmische Strahlung (Höhenstrahlung) besteht aus Strömen kleinster, sehr stark energiegeladener Teilchen, die auf die Erdatmosphäre einfallen.
- Die kosmischen Strahlen mit der geringsten Energie stammen entweder von der Sonne oder sind kosmische Hintergrundstrahlung von außerhalb unseres Sonnensystems.
- Mittelstarke kosmische Strahlen stammen aus unserer eigenen Milchstraße, beispielsweise von sehr starken Supernovae.
- Zusammenstöße von kosmischen Strahlen und den Wasserstoffwolken, die durch Supernovae entstehen, erzeugen eine Strahlung, die als Synchrotronstrahlung bezeichnet wird. Radioteleskope können diese Strahlung beispielsweise vom Krebsnebel auffangen.
- Die hochenergetischste kosmische Strahlung kommt oft von außerhalb unserer Galaxie.
- 85% der kosmischen Strahlung bestehen aus Wasserstoffatomen ohne Elektron.
- Der Rest der kosmischen Strahlung besteht zumeist aus Helium und schwereren Atomkernen, es kommen aber auch kleinere Positronen und Neutrinos vor.
- Neutrinos sind so klein, dass sie sich fast ungebremst durch die Erde hindurchbewegen.
- Der größte Teil der kosmischen Strahlung wird durch das Magnetfeld der Erde abgeschirmt oder stößt in der Atmosphäre mit kleinen Teilchen zusammen, lange bevor sie den Erdboden erreicht.

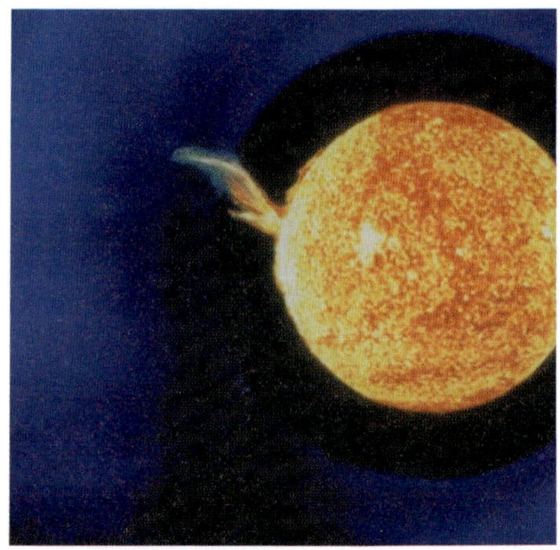

▲ *Da die kosmische Strahlung durch das Magnetfeld der Erde auf dem Weg zum Erdboden abgelenkt wird, ist es nicht einfach festzustellen, wo ihre Quelle liegt. Ein großer Teil der kosmischen Strahlung stammt allerdings von der Sonne.*

- Aus der Untersuchung der kosmischen Strahlung haben Wissenschaftler viel über stark energiegeladene Teilchen gelernt. Dazu zählen alle subatomaren Teilchen neben Elektronen, Protonen und Neutronen.

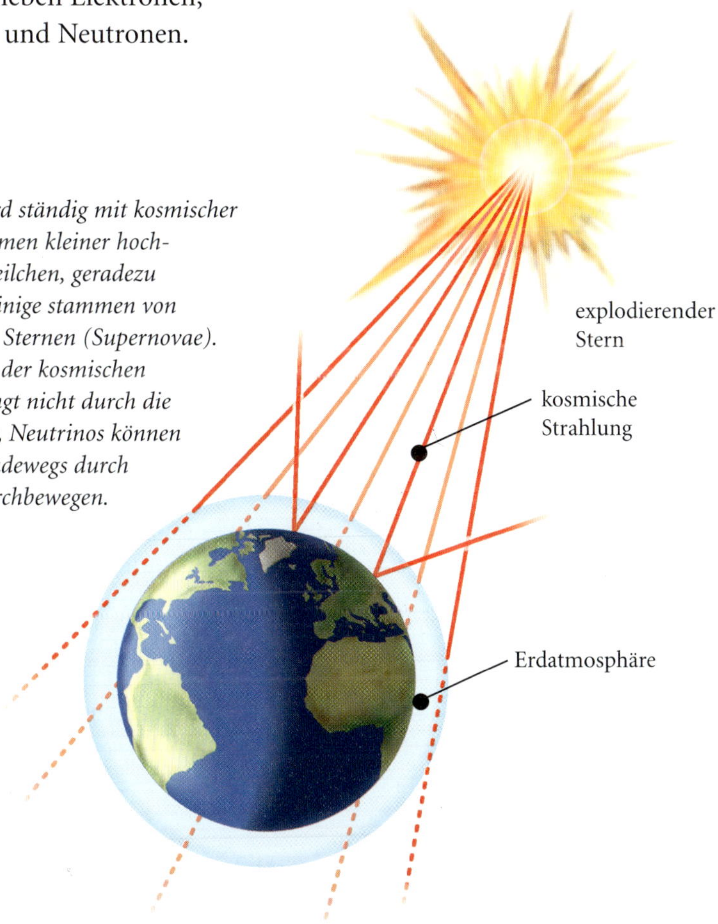

▶ *Die Erde wird ständig mit kosmischer Strahlung, Strömen kleiner hochenergetischer Teilchen, geradezu bombardiert. Einige stammen von explodierenden Sternen (Supernovae). Der größte Teil der kosmischen Strahlung gelangt nicht durch die Erdatmosphäre, Neutrinos können sich jedoch geradewegs durch die Erde hindurchbewegen.*

Röntgenstrahlen

- Röntgenstrahlen sind elektromagnetische Strahlen, deren Wellenlänge kürzer ist als die der ultravioletten Strahlung und länger als die der Gammastrahlen.
- Röntgenstrahlen im Weltall stammen beispielsweise von sehr heißen Gasen mit Temperaturen von über einer Million °C.
- Röntgenstrahlung entsteht auch, wenn sehr schnelle Elektronen mit einem Magnetfeld in Wechselwirkung treten (siehe: Kosmische Strahlung, Seite 180).
- Da Röntgenstrahlen die Erdatmosphäre nicht durchdringen können, verwenden Astronomen Weltraumteleskope wie ROSAT, um sie aufzufangen.
- Röntgenquellen im Weltraum sind Sterne oder Galaxien, die Röntgenstrahlen abgeben.
- Als erste und stärkste Röntgenquelle neben der Sonne wurde 1962 der Stern Scorpius X-1 entdeckt. Inzwischen sind über 100.000 solcher Quellen bekannt. Die meisten sind jedoch sehr schwach.
- Die Überreste von Supernovae, wie beispielsweise der Krebsnebel, sind sehr starke Röntgenquellen.
- Die stärksten Röntgenquellen in unserer Galaxis sind Doppelsterne wie Scorpius X-1 und Cygnus X-1 (siehe: Doppelsterne, Seite 146). Von einigen nimmt man an, dass sie ein Schwarzes Loch als Partner haben.
- Diese Doppelsterne geben 1.000 Mal mehr Röntgenstrahlung ab als die Sonne.
- Weitere starke Röntgenquellen sind Galaxien mit großen Schwarzen Löchern.

▶ *Als Erstes wurde die Sonne als Röntgenquelle entdeckt.*

Wasser

- Wasser ist die einzige Substanz auf der Erde, die in der Natur in allen drei Aggregatzuständen vorkommt: fest, flüssig und gasförmig.
- Über 70% der Erdoberfläche sind mit Wasser bedeckt.
- Wasser ist ein Grundbaustein allen Lebens. Der menschliche Körper besteht zu 70% aus Wasser.
- Die Erde ist der einzige Planet im Sonnensystem, auf dessen Oberfläche Wasser in flüssiger Form vorkommt.
- Auf dem Neptun gibt es einen großen Ozean aus ionisiertem Wasser unter seiner gefrorenen Oberfläche aus Helium und Wasserstoff.
- Die Oberfläche des Mars weist tiefe Furchen auf, die wie ausgetrocknete Flussbetten wirken. Daher vermutet man, es könne auf dem Mars Wasser gegeben haben oder noch heute Eis unter der Oberfläche.
- Möglicherweise gibt es auf dem Jupitermond Europa Ozeane aus Wasser unterhalb der gefrorenen Oberfläche. Europa ist eines der Hauptziele auf der Suche nach Leben in unserem Sonnensystem.
- Wasser ist eine Verbindung der beiden chemischen Elemente Wasserstoff und Sauerstoff. Es hat die chemische Formel H_2O.
- Wasser ist die einzige Substanz, die in flüssigem Zustand dichter (schwerer) ist als in festem Zustand. Das ist der Grund, warum Eis schwimmt.

▼ *Die blaue Oberfläche der Erde zeigt, dass sie der einzig wahre Wasserplanet in diesem Sonnensystem ist.*

▼ *Fast zwei Drittel der Erdoberfläche sind mit Wasser bedeckt.*

Gezeiten

- Gezeiten nennt man das zweimal täglich vorkommende Steigen (Flut) und Fallen (Ebbe) des Wasserspiegels in den Meeren und Ozeanen der Erde.
- Die Gezeiten werden durch die Anziehungskräfte (Gravitation) des Mondes und der Sonne verursacht.
- Der Mond verursacht zwei Flutberge, einen auf der ihm zugewandten Erdseite, einen auf der ihm abgewandten Erdseite.
- Durch die Drehung der Erde scheinen die Flutberge über die Erde zu wandern.
- Springtiden sind sehr starke Gezeiten. Sie treten auf, wenn Mond und Sonne in einer Linie liegen und sich ihre Anziehungskräfte addieren.
- Nipptiden sind schwache Gezeiten. Sie treten auf, wenn Sonne und Mond von der Erde aus im rechten Winkel zueinander stehen und sich ihre Anziehungskräfte fast aufheben.
- Auch auf die feste Erde wirken Gezeitenkräfte. Sie sind jedoch gering. Die Erde bewegt sich nur etwa 0,5 m.

▲ *Während die Erde sich dreht, wird das Wasser der Erde von der Gravitation des Mondes angezogen und bildet Flutberge.*

- Überall, wo sich im Weltraum zwei Objekte umkreisen, wirken Gezeitenkräfte.
- Monde, die große Planeten umkreisen, sind starken Gezeitenkräften ausgesetzt. Der Jupitermond Io wird so sehr gestreckt und sein Inneres dadurch so stark erhitzt wird, dass Vulkane entstehen.
- Sogar ganze Galaxien können Gezeitenkräften unterworfen sein. Sie können von der Anziehungskraft (Gravitation) anderer Galaxien in verschiedene Richtungen gestreckt werden.

▶ *Die niedrigen Nipptiden treten auf, wenn Sonne und Mond im rechten Winkel zueinander stehen. Dann wirken ihre Gravitationskräfte in unterschiedliche Richtungen.*

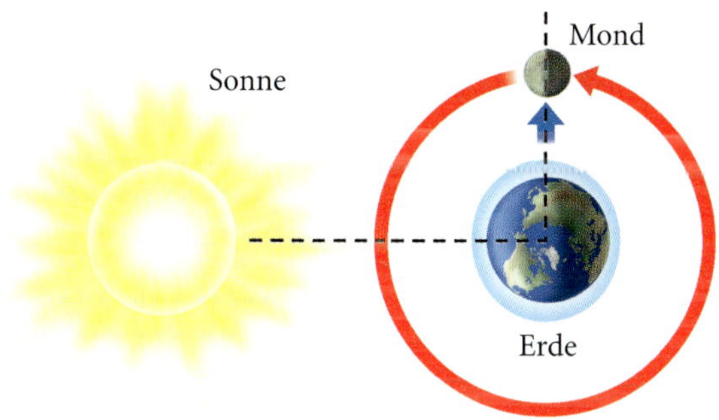

▶ *Die hohen Springtiden treten auf, wenn Sonne und Mond in einer Linie stehen und sich ihre Gravitationskräfte aufsummieren. Dies geschieht bei Vollmond und Neumond.*

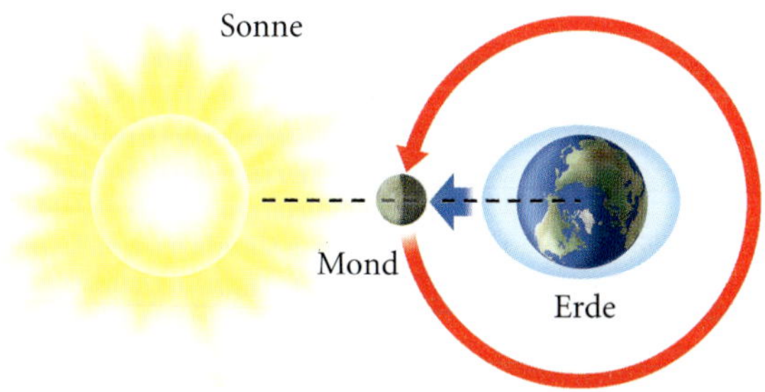

Magnetismus

- Magnetismus ist eine Kraft, durch die sich magnetische Materialien entweder gegenseitig anziehen oder abstoßen.
- Eisen und Nickel sind die gebräuchlichsten magnetischen Materialien. Auch Strom ist magnetisch.
- Um jeden Magneten herum gibt es ein Gebiet, in dem seine Kraft bemerkbar ist. Dies ist sein Magnetfeld.
- Das Magnetfeld eines Planeten oder Sterns bezeichnet man als Magnetosphäre.
- Auch die Erde und die meisten Planeten des Sonnensystems haben ein Magnetfeld.
- Planeten besitzen ein Magnetfeld wegen des flüssigen Eisens in ihrem Kern. Wenn die Planeten sich drehen, bewegt sich auch das flüssige Eisen. Dadurch entstehen elektrische Ströme und erzeugen das Magnetfeld.
- Da der Jupiter sehr groß ist und sehr schnell rotiert, ist sein Magnetfeld 30 Mal stärker als das der Erde.
- Neptun und Uranus unterscheiden sich von anderen Planeten durch ihr ungewöhnliches Magnetfeld. Es verläuft nämlich gekippt zu ihrer Drehachse.
- Magnetismus steht in direkter Beziehung zur Elektrizität. Zusammen ergeben sie eine Kraft, die Elektromagnetismus genannt wird.
- Elektromagnetismus ist neben der Gravitation und den beiden Kräften des Atomkerns die vierte grundlegende Kraft im Universum.

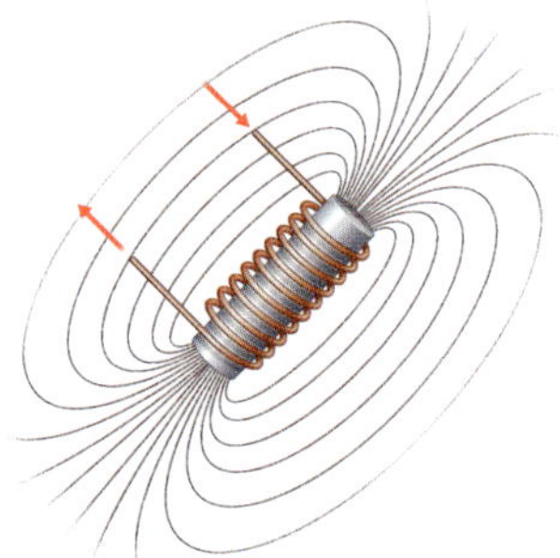

▲ *Elektromagnetismus ist eine der grundlegenden Kräfte im Universum. Im Alltag werden Elektromagneten zum Betreiben von Elektromotoren verwendet.*

▲ *Der Planet Jupiter ist einer der stärksten Magneten in unserem Sonnensystem. Dies wurde durch „Synchrotronstrahlung" entdeckt. Das ist die Strahlung winziger Elektronen, die beschleunigen, wenn sie in ein Magnetfeld eindringen.*

Rotation

- Rotation ist die kreisförmige Bewegung, die alle Objekte im Weltraum vollführen. Rotieren bedeutet, sich um eine Achse drehen.
- Sterne rotieren, Planeten rotieren, Monde rotieren, Galaxien rotieren und selbst Atome rotieren.
- Monde kreisen um Planeten, Planeten kreisen um Sterne.
- Die Erde dreht sich in 23,93 Stunden einmal um sich selbst. Dies nennt man ihre Rotationsperiode.
- Wir bemerken weder die Eigenrotation der Erde noch ihre Bewegung um die Sonne oder die gemeinsame Bewegung von Sonne und Erde durch die Galaxie.
- Dinge rotieren, weil sie über kinetische Energie (Bewegungsenergie) verfügen. Sie können jedoch nicht wegfliegen, weil sie von der Gravitation festgehalten werden. Deshalb ist die Kreisbewegung die einzige Bewegung, die sie vollführen können.
- Der sich am schnellsten drehende Planet ist der Saturn. Innerhalb von 10,23 Stunden dreht er sich einmal vollständig.
- Der sich am langsamsten drehende Planet ist die Venus, die ganze 243 Tage für ihre Drehung benötigt.
- Die Sonne dreht sich innerhalb von 25,4 Tagen. Da sich die Erde aber um die Sonne dreht, scheint ihre Drehung 27,27 Tage zu dauern.

...FASZINIEREND!...

Die am schnellsten rotierenden Objekte im Universum sind Neutronensterne. Sie können bis zu 500 Mal pro Sekunde rotieren.

▶ *Rotierende Galaxien sind nur ein Bestandteil des sich beständig drehenden, rotierenden Universums.*

Gravitation

- Gravitation ist die Anziehungskraft, die zwischen aller Materie wirkt.
- Gravitation ist die Kraft, die alles auf der Erde festhält (Schwerkraft) und zugleich die Kraft, die verhindert, dass die Erde hinaus in den Weltraum fliegt. Sie hält die Erde zusammen, hält den Mond auf seiner Umlaufbahn um die Erde und hält die Erde und die anderen Planeten des Sonnensystems auf ihren Umlaufbahnen um die Sonne.
- Gravitation presst auch die Materie von Sternen zusammen und bringt sie zum Brennen.
- Die Wirkung der Gravitation ist überall gleich.
- Die Stärke der Gravitation hängt von der Masse ab (der Menge der Materie in einem Objekt) und von der Entfernung.
- Je größer die Masse eines Objekts ist und je näher es ist, desto stärker wirkt seine Gravitation.
- Schwarze Löcher haben die stärkste Gravitation im gesamten Universum.
- Mit Hilfe der Gravitationsgesetze konnten unsichtbare Sterne entdeckt werden, indem man den Lichtschein anderer Sterne beobachtete. Sie helfen auch beim Flug von Raumsonden.

▼ *Die ersten Menschen, die jemals eine andere Gravitation als die der Erde gespürt haben, waren die Astronauten der Apollo 11 bei der ersten Mondlandung.*

- Einsteins Allgemeine Relativitätstheorie zeigt, dass die Gravitation nicht nur eine Anziehungskraft auf die Materie ausübt, sondern auch auf Zeit und Raum einwirkt (siehe: Einstein, Seite 174).
- Umlaufbahnen sind das Ergebnis eines Gleichgewichts zwischen der Zugkraft der Gravitation auf ein Objekt (die es auf das Objekt zuzieht, das es umkreist) und seines Bewegungsmoments (das es weiter geradeaus fliegen lässt).

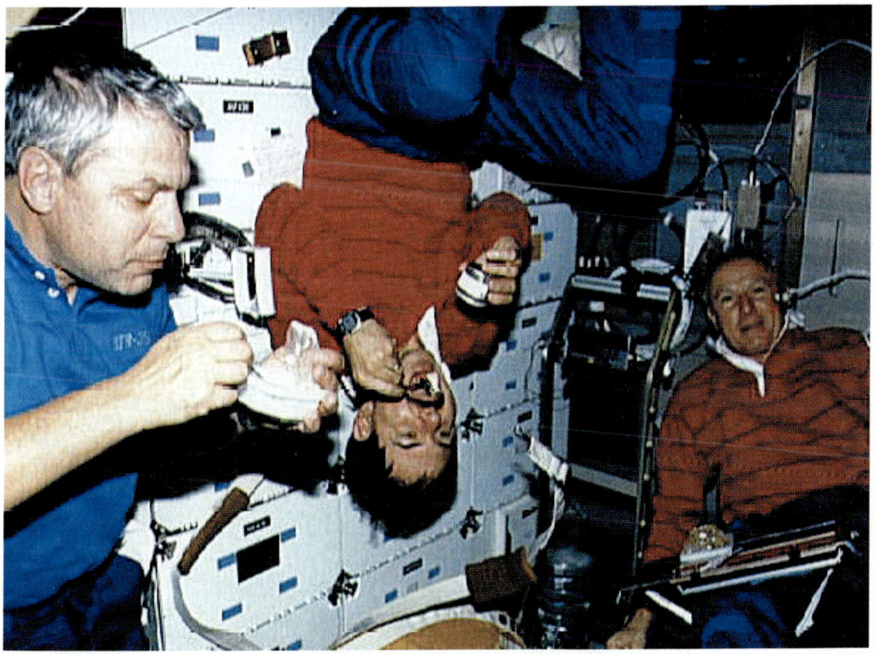

▲ *Da im Weltraum Schwerelosigkeit herrscht (keine spürbare Gravitation), schweben Astronauten durch ihre Raumschiffe, solange sie sich nicht festbinden.*

Newton

- Isaac Newton (1643–1727) war ein englischer Wissenschaftler. Er erklärte als Erster die Wirkungsweise der Gravitation.
- Der Legende nach kam Newton auf die Idee, als er im Garten seiner Eltern in Lincolnshire einen Apfel von einem Baum fallen sah.
- Newton entdeckte auch, dass Licht in ein Spektrum zerlegt werden kann, das alle Farben eines Regenbogens zeigt.
- Newton zeigte, dass die Gravitation dafür verantwortlich ist, dass auf der Erde alles zu Boden fällt, und dafür, dass die Erde um die Sonne kreist.
- Je weiter zwei Objekte voneinander entfernt und je masseärmer sie sind, desto geringer ist die Zugkraft der Gravitation zwischen ihnen.
- Newton erkannte, dass man die Anziehungskraft zwischen zwei Objekten errechnen kann, indem man ihre Masse miteinander multipliziert und durch das Quadrat ihres Abstands teilt.
- Anhand dieser Formel können Astronomen die Bewegungen aller Planeten, Sterne und Galaxien im Universum berechnen.

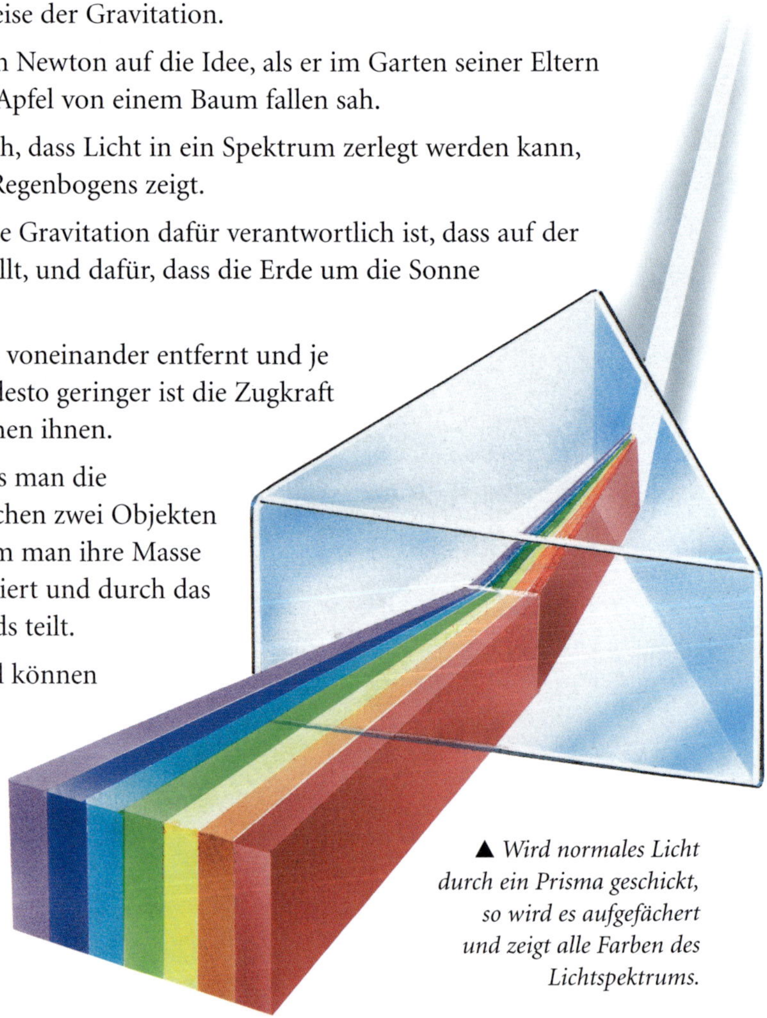

▲ *Wird normales Licht durch ein Prisma geschickt, so wird es aufgefächert und zeigt alle Farben des Lichtspektrums.*

- Mit Hilfe von Newtons Gravitationsgesetz konnten Astronomen bis dahin unbekannte Sterne und Planeten wie Neptun und Pluto anhand der Wirkung ihrer Gravitation auf andere Objekte entdecken.
- Die drei Newtonschen Axiome zeigten, dass jede Bewegung im Universum mathematisch errechnet werden kann.

▲ *Newtons Gravitationsgesetz erklärte zum ersten Mal, wie der Mond auf seiner Umlaufbahn um die Erde gehalten wird. Auch zum ersten Mal ermöglichte das Gesetz die mathematische Berechnung der Anziehungskraft zwischen Erde und Mond.*

▲ *1669 wurde Newton zum Professor der Mathematik in Cambridge berufen. Dort untersuchte er, wie und warum sich Objekte im Universum bewegen.*

Schwarze Löcher

- Schwarze Löcher sind Orte so großer Gravitation, dass sie alles in sich aufsaugen, sogar Licht.
- Wenn ein Mensch in ein Schwarzes Loch fiele, würde er lang gestreckt wie Spaghetti.
- Schwarze Löcher bilden sich, wenn ein Stern (oder eine Galaxis) so dicht wird, dass er durch die Kraft seiner eigenen Gravitation kollabiert.
- Im Zentrum jeder Galaxis könnte ein Schwarzes Loch existieren.
- Die Gravitation lässt das Schwarze Loch zu einem unvorstellbar kleinen Punkt zusammenschrumpfen, den man Singularität nennt.
- Um eine Singularität herum ist die Gravitation so stark, dass die Raumzeit zu einem Trichter geformt wird.
- Materie, die in ein Schwarzes Loch hineingezogen wird, wird auseinander gerissen und glüht extrem hell. Dabei entstehen die hellsten Objekte des Universums, die Quasare.
- Die Gase um ein Schwarzes Loch verwandeln es in eine Art Generator. Es gibt Teilchenströme von Milliarden von Kilometern Länge ins All ab.

▲ *So stellt sich ein Künstler ein Schwarzes Loch vor. Zu beiden Seiten schießen riesige Teilchenströme ins All.*

▶ *Kein Licht kann aus einem Schwarzen Loch entweichen. Wissenschaftler können ermitteln, wo sich Schwarze Löcher befinden, weil diese das von den umliegenden Sternen abgegebene Licht beeinflussen.*

... **FASZINIEREND!** ...
Vielleicht sind Schwarze Löcher Eingänge zu „Wurmlöchern“ und der Schlüssel zu Zeitreisen.

Dunkle Materie

- Dunkle Materie ist unsichtbare Materie im All. Im Gegensatz zu Sternen und Galaxien strahlt dunkle Materie kein Licht ab.
- Es gibt im Universum wesentlich mehr dunkle Materie als sichtbare Materie. Einige Wissenschaftler vermuten sogar, dass 90% aller Materie dunkel ist.
- Astronomen entdeckten die dunkle Materie, weil ihre Schwerkraft sich auf Sterne und Galaxien in ihrer Umgebung auswirkt und deren Rotation beeinflusst.
- Die sichtbaren Sterne der Milchstraße bilden möglicherweise nur eine dünne, mittlere Schicht, die in eine eiförmige Hülle mit dunkler Materie eingebettet ist.
- Es gibt zwei Arten dunkler Materie: die Materie in den Galaxien (galaktische Materie) und die Materie in den Zwischenräumen (intergalaktische Materie).
- Galaktische dunkle Materie ähnelt möglicherweise der sichtbaren Materie, allerdings brannte sie schon früh im Leben des Universums aus.
- Intergalaktische dunkle Materie besteht aus WIMPs (Weakly Interacting Massive Particles – schwach wechselwirkende Materieteilchen).
- Einige WIMPs werden kalte dunkle Materie genannt, weil sie sich langsam vom Zentrum des Urknalls fortbewegen.
- Einige WIMPs werden heiße dunkle Materie genannt, weil sie sich sehr schnell vom Zentrum des Urknalls fortbewegen.
- Die Zukunft des Universums könnte davon abhängen, wie viel dunkle Materie es gibt. Gibt es zu viel davon, wird ihre Schwerkraft irgendwann die Ausdehnung des Universums stoppen – und es wieder schrumpfen lassen.

▲ *Die Sterne einer Galaxie machen möglicherweise nur einen Teil ihrer Materie aus. Der größte Teil könnte dunkle Materie sein.*

▲ *Astronomen haben die Menge der Dunklen Materie in Galaxienhaufen bestimmt, indem sie Lichtkrümmungen vermessen haben. Diese Lichtkrümmungen treten auf, wenn die Schwerkraft eines Galaxienhaufens das Licht entfernter Galaxien beugt.*

Register

Register

H

I

J

K

L

M

Register

Q

R

S

Register

T

Danksagung

Der Herausgeber dankt den folgenden Künstlern für ihre Mitarbeit an diesem Buch:

Kuo Kang Chen, Rob Jakeway, Janos Marffy, Rob Sheffield, Mike White

Der Herausgeber dankt den folgenden Urhebern für die Erlaubnis zur Verwendung ihrer Fotografien:

CORBIS: Seite 37 Morton Beeb S.F.; Seite 43 Bettmann; Seite 93 Bettmann

Der Herausgeber dankt der NASA für die großzügige Zurverfügungstellung ihrer Fotografien.

Alle anderen Bilder stammen aus den Miles Kelly Archiven